JN094764

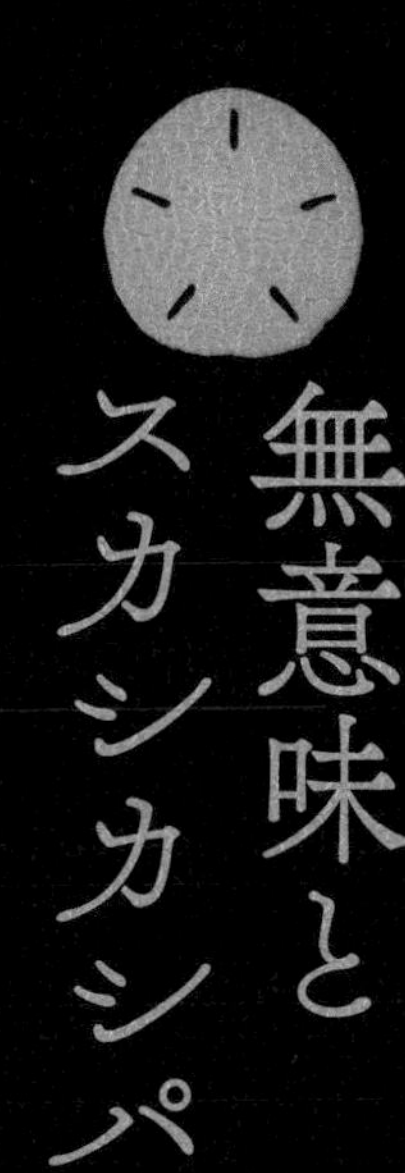

無意味とスカシカシパン

詩的現象から精神疾患まで

春日武彦
Kasuga, Takehiko

青土社

無意味とスカシカシパン　目次

III

わかりやすさの断章 127

IV

孤独の断章 181

無意味とスカシカシパン——詩的現象から精神疾患まで

スカシカシパン考――無意味を分類する

我が家をリノベーションしたときに、工務店の人から聞いた話である。

古いマンションの一室をフル・リノベーションする場合、壁はおろか床板も天井板もすべて取り去り、コンクリートの筐体（きょうたい）へと戻す。そこから、ゼロからのスタートで新たに部屋割りをして内装を施す。徹底的な作業を行う。

天井板を剥がすと、コンクリートが剥き出しになる。マンションを建てる過程で、天井部分はコンクリートを塗ったまま放置すると自重で垂れてきかねないので、ベニヤ板を下から押し当てて乾くのを待つ。乾いてから板を取り除くと、天井部分のコンクリートの表面には、ベニヤ板の木目がそのまま転写される。実際には、その木目が鮮明に転写されている場合もあれば、薄ぼんやりしていたり、木目そのものが模様として素っ気なさ過ぎる場合もある。

というわけで、リノベーション作業の途中で天井部分のコンクリートを露出させたときに、どんな具合に木目が転写されているかがちょっとした「お楽しみ」になっているそうなのだ。

「今回のマンションは、見事な木目が出たねえ」

「うーん、はっきりしない木目だなあ。残念」

といった調子で、全員が天井を見上げながら品評会をするらしい。

まことに無意味な営みである。コンクリートに転写された木目なんて、またすぐに新しい天井板に覆われてしまうだけだから。

しかし、作業の一員に加わったら、木目の品評会は楽しそうだと思う。そのような仲間内だけのちっぽけで無意味な「お楽しみ」があってこそ、しんどい作業も続けていけるのだろう。コンクリートにとっても、まさか自分が鑑賞の対象になろうとは思ってもみなかったはずだ(たぶんコンクリートは何も考えたりしないだろうけれど)。この話を教えてもらったとき、わたしはわけもなく嬉しい気分になった。

中学校のとき、成績優秀なクラスメイトが、秘密を明かすような調子でそっと教えてくれた話がある。彼は絵が上手かったのだが、つい先日、ちょうど栞くらいのサイズの細長い厚紙に、ボールペンで食虫植物の絵を描いた。たまたま雑誌に載っていたハエトリグサだかウツボカズラだかを丁寧に模写したらしい。そしてその細長い紙をまさに栞として、秘かに区立図書館所蔵の昆虫図鑑に挟んできたという。

どうやら彼としては、昆虫図鑑に食虫植物の絵をそっと紛れ込ませることで、イメージとしての不穏な気配を作り出そうとしたらしい。今から考えると、梶井基次郎による丸善と檸檬爆弾に近い発想のようだ。彼はかなり自信満々にその話をしてくれた。わたしは、彼の詩的想像力にはあまり感応せず、無意味なことをする奴だなあと思っただけであった（オレは無粋だったなあ、と今になって反省している）。でも彼がそんな話を打ち明けてくれたことはとても嬉しかった。

世の中は無意味なもので満ちている。当然だろう。意味があるとされるものは少数派で、それらは価値があったり役に立ったり理解可能な事物である。それ以外は、いわば図と地における「地」のような具合に、ひたすら無意味が広がっている。

でも、無意味は無秩序や混沌とは異なる。ここでは無意味を三つに分けてみよう。

ひとつは、①〈空白に近いもの、どうでもいい事物〉と称すべきジャンル。たとえば本日の南極の天候、昨年のカレンダー、形骸化した挨拶の言葉、涸れ井戸、道端に横たわる野良猫の死骸、隣人の血圧、交通標語。どれも我々の生活に影響を及ぼすことはなく、まさに「どうでもいい」ことばかりである。ゴミ屋敷のゴミと大差がない。

もうひとつは、②〈意味なんかないが、親しみや馴染みの感覚を与えてくるもの〉。さきほど述べた「コンクリートに転写された木目」であるとか、お気に入りの散歩コースに散在する家や店舗や草木その他。いつも食卓に並べられるソースの瓶やマヨネーズのチューブのラベルに印刷されているトレードマーク。一〇年前から壁に掛かっている時計が刻む微かな音、自分の部屋のドアノブの握り心地。もしかすると、これらはささやかで平穏な幸福の感覚と密接に関係しているかもしれない。

さらにもうひとつは、③〈意味なんかないのに違和感や困惑をもたらすもの〉。頭が二つある奇形の蛇、他人の空似、馬鹿げているほど巧妙で精緻な擬態、強迫行為、時代遅れの殺戮兵器、真っ白に塗られた巨人仏など。さきほど述べた「昆虫図鑑に挟み込まれた食虫植物の絵」も、区立図書館でそれに出会った人にとってはこの区分に属する無意味を体感させられることになるのだろう。

実は、右に挙げた三つの区分以外に、不意打ちという事象を見落とすわけにはいかない。高校生の頃に、なぜか平凡社の世界大百科事典の第十二巻（シンク－セイス、一九六六年）を適当に開いては読んでいた。するとスカシカシパンというおかしな生物に関する項目と出会ったのだ。解説文を引用してみよう。（執筆は滝庸氏）

すかしかしぱん Astriclypeus manni　ウニの一種であるが、形が平たい円盤状で、とげが短くて密生しており、ビスケットに似ているところからカシパンの名、さらに円盤の5ヵ所に透かし穴があるので、この名がつけられた。全体が黄かっ色（ただし死骸では白色）で、円盤の直径は12㎝くらいになる。本州中部から九州までの浅い砂地の海に住む。日本の特産で、6月ころに卵をうむ。

変な生き物だなあ。しかも日本特産とはねえ。添えられた図版を見るといやに幾何学的で、生き物らしさに欠ける。モノと生物とのミッシングリンクだなんて言われたら信じてしまいそうだ。こんなものにも欲望とか感情（の萌芽）が秘められているのだろうか。

実は右の解説文には、末尾にさながら解説者の独り言みたいな調子で以下のような短いフレーズが添えられていた。

形が奇妙なので人の注意をひくが、とくに利用の道はない。

ここに至ってわたしはある種の衝撃を受けたのだ。なるほど食用にはならないようだし、乾かしたり砕いても役には立たないのだろう。飼っても心が動かない。幾何学的な形ではあっても、観賞用には程遠い。つまり（わたしたちにとっては）まったくの無意味な存在だ。人生とは縁がない、ということだ。

だが、「特に利用の道はない」とぶっきらぼうに言い切ってしまう前に、「形が奇妙なので人の注意をひくが」と妙に本音めいた言葉が（ためらいがちに）記されているではないか。それが生々しく響いたのだ。ひっそりと浅い砂地の海に棲息するスカシカシパンは、人生とは無縁のはずなのに奇妙な形状によって人の注意をひく。あたかもカフカが「父の気がかり」に登場させたオドラデクのように（当時のわたしはまだカフカのそれを読んではいなかったが）。

率直なところ、一五歳であったわたしは狼狽した。「形が奇妙なので人の注意をひく」けれども、スカシカシパンは人々の営みとは一切無関係だというのである。この世の中には、お前のちっぽけな人生とは決して交わることのない事象が「無意味なもの」として膨大に存在しているのだと囁かれているように感じられ、圧倒されるような、いや息苦しくなる程の当惑に囚われたのだった。それはさきほどの無意味の分類に照らしてみるなら、同じ無意味であっても①が不意打ちのごとく③に転化したということである。そこには世界観の豹変すらが生じ得る。

サルトルの実存主義小説『嘔吐』（一九三八年）では、公園のマロニエの根（それは①か②に属するだろう）がいきなり③へと変貌する。

> 存在はとつぜんヴェールを脱いだのである。存在は抽象的な範疇に属する無害な様子を失った。それは物の生地（きじ）そのもので、この根は存在のなかで捏（こ）ねられ形成されたのだった。

と言うよりもむしろ、根や、公園の鉄柵や、ベンチや、禿げた芝生などは、ことごとく消えてしまった。物の多様性、物の個別性は、仮像にすぎず、表面を覆うニスにすぎない。そのニスは溶けてしまった。あとは怪物じみた、ぶよぶよした、混乱した塊が残った――むき出しの塊、恐るべき、また卑猥な裸形の塊である(鈴木道彦訳、人文書院、二〇一〇年)

こうした不意打ちがあるからこそ、無意味なものには油断がならない。そしてそのような体験を無視して、意味の有益性にばかり注目している貧しい精神は決して救われることがない。それどころか自分自身の無意味さにすら気付けないだろう。

本書は、雑誌に発表したまま単行本未収録となっていた文章を集めたものである。したがってさまざまなテーマが乱立しているわけだが、すべての文章にまたがる通奏低音があって、それは無意味への関心、無意味への思い入れといったものであるような気がする。もともとわたしの文章なんか、スカシカシパンと同じくらいに「特に利用の道はない」。アワビやノドグロやマグロなどとは比べようもない。しかし無意味というものを侮ってはいけない。無意味の孕む豊かさや恐ろしさを味わってこそ、わたしたちの日常は輪郭を鮮明にするのだ。

I

無意味の断章

世界の断片としてのエッセイ

長編小説を夢中になって読み、その内容に圧倒された挙句に、自分の人生を小説によって変えられてしまうといったことはあるのだろうか。

これは確かにある。そのような人には何名か出会ったこともある（ただしそのうちの一人にとっての運命の本は、歴史小説であり、これだとどこまで純粋に文学の力が作用したものか判定が難しいのであるが）。余談ながら、わたしが中学生の頃にショーン・コネリー主演の００７シリーズが映画も小説も大ヒットし、それに影響された近所の大学生が、学校を中退して興信所に就職してしまった。本人としては、秘密諜報員は無理だからせめて探偵になろうとしたらしいが、結局人生を踏み誤ったらしい。

小説、ことに長編小説ならば読者の人生を変えるだけの影響力を及ぼす場合もあるだろう。そのような力を発揮することを理想として小説を書いている作家も結構いそうな気がする。ならば、エッセイを読んで人生が変わるといったケースはあり得るのか。特殊な仕事を紹介したエッセイがあったとして、それを読んだ誰かが「こういった仕事もあるのか」と感化され、その仕事に弟子入りしたといった類の話ならありそうな気はするけれど、それは情報の伝達といった面で意味を持っただけで、エッセイの力ではあるまい。

エッセイが人生を変えてしまう事例は実在し、それはわたし自身の場合が該当する。

ローベルト・ムジールというオーストリア出身の作家がいて（1880-1942）、後半生を費やしたのに未完に終わった大長編小説『特性のない男』で知られる。

いささか浮世離れした人物で、経済的にも決して楽ではなかった。そこで一九三五年に、新聞や雑誌に発表済みの短文や小品などを寄せ集めて『ぼくの遺稿集』という屈折した題（『生前の遺稿集』という題の翻訳もあり）の小さな本を出版した。もちろんそれでムジールの暮らし向きが良くなったわけでもないのだが。

昭和四四年に、森田弘の訳で『ぼくの遺稿集』は我が国で出版された。版元は晶文社で、《今日の文学》というハードカバーのシリーズの一冊として出ている。このシリーズには、バタイユの『青空』とかW・M・ケリーの『ジャズ・ストリート』などがあり、装丁は平野甲賀。透明なビニールのカバーが掛かり、価格は五八〇円であった。

なぜ高校生のわたしが、書店でこの本を手に取ったのだろう。もちろんムジールなんて作家のことは知らない。やはり造本と、題名に惹かれたからに違いない。

当時のわたしは、文章で何かを表現したいといった欲求はあったものの、どうすればそれを実行できるかについて途方に暮れていた。好きな小説や素晴らしい詩と出会ってはいたけれど、それらを味わうことと自分の表現行為とはまた別な話である。それに何よりも自分を悩ませていたのは、書くに足るだけの経験や素材などまるで持ち合わせていないことであった。全くの空想で話をでっち上げることもひとつの方法論だけれども、もっとストイックなものを自分は求めており、もっと自分の日常に添ったものを書きたかった。しかし今の自分の生活はあまりにも退屈で、書くだけの価値などどこにもないように思われた。といってケルアックのように旅へ人生を賭ける気概もなかった。

何を書いたら良いのか分からない状態が続くと、自分にとって何が面白いことなのか、それすらも分からなくなってくる。しかもあくまでも日常性にわたしは固執していた。それは写生文とか私小説とか退屈な随筆などではなく（それらは野暮で黴臭いものとしか思えなかった）、むしろ当時のわたしにとっての大きなカルチャーショックであった「ポップアート」に近いものとしての日常性であった。あえて卑俗なものに詩的な感動を見つけ出せればベストで、だから数年後にW・C・ウィリアムズの詩に出会ったときに、あるいはエドワード・ホッパーの絵に出合ったときに心を奪われたのは当然の成り行きであった。

そしてもうひとつ、短い文章への憧れがあった。

どうしてなのかわたしは長い文章を嫌っていた。ミステリやＳＦを読んでいるときには長いほうがなかなか終わりが来なくて嬉しいのだが、自分が考える「表現」の範疇では、長い文章は説明過多のジョークみたいなもので、頭の悪さの証明のように感じていた。エレガントさと程遠い。短い枚数で何かを語りつくし、しかもそれは空理空論ではなく、しっかりとキッチュな日常に根差している。そんなものを漠然と想像していたが、その「手本」を見つけることすら叶わない状態であった。自分なりに、よるべない気持で苦悩していたのである。

そんなときに静岡市の駅の近くの書店で『ぼくの遺稿集』に出会ったのだった。中をぱらぱらと眺め、わたしは感嘆した。いや、救われたと感じた。自分の迷いに対して、具体的なひとつの答を指し示してもらえたことが、どれだけ高校生であったわたしに深い安堵を与えてくれたことか。

この本は、「スケッチ」と題されたエッセイ群、「そっけない考察」と題されたエッセイ群、「話にならない話」と題された寓話群、さらに『つぐみ』という題の短篇小説（人生においてときたま訪れるエアポケットのような清明な瞬間のいくつかを描いた不思議な作品）、と全部で四つのパートから成る。わたしが特に強く捉えられたのは、「スケッチ」のパートであった。

たとえば『蝿取紙』という作品（四〇〇字詰めで約四枚）は、「ウイスキーという名の蝿取紙は、長さがほぼ三六糎、幅が二一糎で、黄色い有毒の鳥黐が塗ってあり、カナダ産である。」

というきわめてドライな文章で始まる。そうして書かれていることは、蠅取紙に捕えられた蠅がどのような動きを示し、どのように衰弱して死んでいくかを鮮明かつ淡々と描写してあり、それだけなのである。教訓もなければ意味づけもない。思い入れもない。蠅取紙そのものと変わらない位にそっけなく、しかもくっきりとした実在感のある文章なのだった。

『目をさました男』は、一一月一日の朝六時、まだ三日月が出ている頃合いに、理由もなく眠りから覚めた男が、薄暗い窓の外をそっと眺めるという事実以上でも以下でもない文章である。「神がぼくの目をさましたのだ。ぼくは眠りから飛び出した。それ以外に目をさます理由は全くなかった。ぼくは書物の一頁のように、むしり取られた。」

目覚めた男が窓の外を眺めると、家々の屋根が見え、何本もの煙突が目に入る。それらの間を、空間は河のように蛇行して深淵に消えていくような、そんな神秘的な印象が生じてくる。普段とはまるで違った謎めいた光景として窓の外は広がっている。「鉄の焔をいただいた屋根のローマ風の両取手つき壺は、日中は滑稽なパイナップルで、下品な趣味の馬鹿げた製品に過ぎないのに、この孤独のなかでは、あたらしい人間の足跡のように、ぼくの心をひきしめてくれる。」こんな具合に、一一月一日の早朝の奇妙な眺めが語られ、ただそれだけなのである。

あるいは『スロヴェニアの村で見た葬儀』はどうか。語り手は、不本意な理由からスロヴェニアの村の下宿屋に逼塞(ひっそく)しているらしい。寒くて雪の積もる田舎であった。ある日、村で肥った女が亡くなり、語り手が居る部屋の窓の外で（つまり戸外で）葬儀が行われることになった。語り手はそれを沈黙したまま眺めている。黒い柩が檻に乗せられて運ばれてくる。やがて会葬者たちが集まり、ざわざわと猥雑な雰囲気になりかける刹那、聞きなれぬ外国語で驚くほど美しいコーラスが始まり、冬空の下に追悼の歌声が広がっていく。魂を揺さぶるほどのコーラスであるにもかかわらず、語り手は意地を張る。「その時に泣きたい衝動に駆られたとすれば、それは自分がすでに三〇歳を過ぎているということだけの理由からであろう。」

会葬者たちの最後列に、犬を連れた青年が立っていた。厳粛な瞬間であるにもかかわらず、犬だけは陽気に尻尾を振っている。

全くのところ何もかもが、はっきりしない事実で溢れていて、陶器棚のように気づかわしげだった。そして実際にぼくは、とてもこれ以上じっとしていることはできないほどだったが、といってまた、何処へ眼を向けたらよいかもわからなかった。というのは、たまたま人ごみの中に次の光景を再び見た時のことだが、それは例のすっかり感きわまっている青年が、背中へ片手を廻していて、その手を相手に彼の大きな茶色の犬がふざけだしたことだった。犬はふざけながらその手のまわりに噛みつき、温い舌でなめまわして動かそうとした。これはどうなることかと、今はぼくは息をのんで見まもった。すると、あてどない高揚状態の中で青年の全身がかなり長い間硬直を続けた後に、遂に背中のうしろの手が自由をとり戻して自立し、手の持主が知らぬままに犬の口とふざけだした。

それが別に十分な理由となったわけではないが、ぼくの魂は再び正常に復した。ぼくの魂はその当時、ぼくが自分に命じてその中に頑張り通したあの環境では、そうなる原因がほとんど存在しない場合にも、たやすく混乱したり正常に復したりしたのだった。

これまたそれだけの話であり、およそ語るに値するとは考えにくいエピソードである。しかしわたしにとっては、現実以上に克明で啓示的な光景であった。ただしいったい何を啓示しているかは分からなかったけれど。

いったい、これらのエッセイのどこにわたしは感応したのか。まず、無意味だけれど輪郭のはっきりしたその実在感である。それは缶詰のレッテルに描かれた果物や動物のように、取るに足らないようでいて本当はかけがえのない存在に属しているように思われた。子どもの頃から親しんできたレッテルの絵が実はいかなる名画よりも自分の審美眼や価値観に影響を与えているように、無意味だが鮮明なものには何らかの真実が隠されている。

文章が短いということは、さりげなさに通じる。声高な自己主張がなく、その静謐な文章との邂逅には「発見」に近い体験を覚えさせられる。その体験には、退屈な日常をほんの少しだけだけれども豊かにする作用があるように思われる。

人生にはそれを的確に描写したり、そのときの気分を十全に言い表すことが技術的に容易でない場面がある。表現が困難だからこそ、今まで誰もそんなことを題材にしなかったのではないかとさえ思えるようなこと――それが、晩秋の早朝に目を覚ましたときの感情の動きや、惨めな寒村での奇妙な体験に準ずるのではないか。そういった点では、きわめて先鋭的な文章なのかもしれない。そんな直感もあった。

要するに、わたしにとってこれらのエッセイは、まぎれもなく「世界の断片」なのであった。断片だからといって、それは不完全さとか取り返しのつかない状態を意味したりはしない。全体を想像するに十分な想像力を与えてくれる存在としての断片であり、そのすべてをいっぺんに目に収め把握できるという点では、むしろ全体であることよりもリアルなものとしての断片である。

しかもこれらの断片をもとにもう一度世界を想像してみるとき、それは下世話でうんざりするほど日常的であると同時に、わたしのささやかな理想や願いを紛れ込ませて組み立て直せそうな、そんな救いを微妙に感じさせてくれる。

わたしにとっての世界観とは、「世界は相似と反復で出来ている」といったものであり、これは思春期の頃には既に漠然とながらも心に備わっていた。こうした世界観は、見方によってはロマンのない息苦しいものである。けれども、だからこそ断片に、想像力に救いを求められる思考でもある。ムジールのエッセイとの出会いによって、わたしはかなり具体的に自分の世界観を再認識したのであった。

物語が持つ「うねり」や広がりや感銘といったものを、わたしはいまひとつ信じきれないところがあるらしい。物語が孕む全体性に、どこか胡散臭いものを感じ取ってしまう。物語に呑み込まれる楽しさよりは、世界の断片としてのエッセイがもたらすひそかな手応えのほうが、自分にとっては大切なのである。

ムジールはわたしの人生を変えた。どのように変えたのか。ちっぽけで無意味に映るものにこそ、真実の胚珠が隠されているかもしれないことを。日常の些事を侮っても、世界は新しい表情など見せてくれないことを。そのような認識に立って生きていくようにとわたしを変えた。

世界の断片であることの自覚を欠くエッセイは、新聞の切れ端に印刷されている記事よりも価値がない。

「世界の断片としてのエッセイ」(『WALK』二〇〇八年三月号)

雲丹の味と安楽椅子探偵――別役実の犯罪論再考

お気に入りの犯罪、というものが別役実にはあるらしい。そのひとつがいわゆるバラバラ事件と呼ばれる事案で、繰り返し言及している。いやそれどころか、彼の創作活動においてもスタート前から大きな影響を及ぼしているらしい。

雑誌『現代思想』の一九八四年一二月号は〈笑い〉を特集しており、別役は作家の後藤明生と「何がおかしいの?」と題した対談を行っている。そこで彼は、一九五二年五月に起きた「荒川放水路バラバラ殺人事件」について語っているのだが、予め事件の概要を記しておこう。

荒川放水路の足立区側の入江に、男性の胴体が油紙と新聞紙に包まれて浮いているのが発見され(五月一〇日昼)、五日後には首が流れていたのが見つかった。被害者の写真が警察署に配られたところ、板橋署の警邏巡査・伊藤忠夫(27)と判明。その後四肢も見つかり身体はすべてが揃った。

犯人については、内妻(26)が曖昧な供述をしたため追及され、自供に至った。夫は酒癖が悪いうえに素行に問題があり、また男尊女卑の傾向が著しく暴力もしばしばであった。いっぽう内妻は板橋区志村の小学校教師で男女同権の思想を身につけており、夫の道徳観に強い不満を抱いていた。そうした背景があったところに五月七日晩、夫は酒に酔って内妻を殴り、そこで遂に彼女は殺人を決意した。

同日深夜、泥酔して眠っている夫を妻は絞殺、その後、妻は同居していた母と一緒に遺体を切断し遺棄した。切断した理由は、運びやすくするためだったという。加太こうじは『明治・大正・昭和事件・犯罪大事典』(東京法経学院出版、一九八六年)においてこの犯行を「旧道徳の警官と新道徳の教師による事件だった」と総括している。

では別役は、この事件に関してどんなことを語ったか。

「ぼくの個人的な体験で言いますと、喜劇ということをはじめに感じたのは、昭和二六年(引用者註・実際には二七年)の荒川バラバラ事件でしたね」と述べるのである。この猟奇的犯罪について、徳川夢声が週刊誌の対談で吐露していた内容が、当時の別役(一五歳)の心に刺さったらしい。後藤に向けての発言を引用してみよう。

そこ(引用者註・徳川夢声の対談)で荒川バラバラ事件てのは、どう考えてもこれは喜劇だ、おかしくてしょうがない、ということを言っていたんですよね。それでぼくは、あ、これが喜劇なんだ、という感触を最初にあったんです。要するに戦後へかけての混乱期に、その混乱自体が喜劇的なものであるという視点みたいなものを、徳川夢声氏的なセンスを通じてとらえ直すことができたということです。（…）

だから混乱というもの、要するに価値の転倒というものと、それを嘆いたり悲しんだりということではなくて、もうどうしようもなくこれは喜劇なんであると、こういうふうに考えてしまうセンスというのが、〈笑い〉ということを考える場合、ぼくの最初のきっかけだったという感じがするんですね。

敗戦によって生じた世相の混乱は、必然であると同時に馬鹿馬鹿しくも滑稽であり、しかし同時代を生きざるを得ない者にはその二重性を面白がる余裕などない。いっぽう荒川のバラバラ事件では、粗野で粗暴な夫に対して絞殺→解体→遺棄といった具合に「切実さ」と「なりふり構わぬ様子」と「実も蓋もない方法」とが混ざり合っている。さらに、犯人が女性教師であったとか、哀れにも切り刻まれて放水路に投げ込まれたのが権威を振りかざす警官であった等の意外さが加わり、しかもグロテスクという味付けがまさに世相とシンクロしている。

結局のところ、荒川のバラバラ事件という構図は当時の世の中のありようを（形態模写や似顔絵のように）誇張し揶揄したようなところがある。そこに喜劇性が生起しているというわけだろう。それにしても喜劇の根幹を実感し納得する契機がバラバラ事件だったというのは、別役を理解するうえでかなり重要なエピソードであるに違いない。

別の場では、バラバラ事件についてこのように述べている。たとえば『犯罪の見取図』(王国社、一九九四年)では、

(…)何よりもこの「バラバラ」という語感の中に、そこはかとない滑稽味が感じとられるのがいい。確かに、事件そのものは悲劇的に経過するのであるが、結果として我々に見えてくるものは、どことなく喜劇的なのである。事件が持つこの奇妙な不調和を、この言い方は的確にまとめあげていると言っていい。

不調和、つまり異化効果といったところであろうか。「バラバラ」という語感には、河鍋暁斎が描くところの骸骨を連想させる響きもあるような気がする。いずれにせよ感覚的なものに正直に寄り添う姿勢が、別役の犯罪論の特徴のひとつだろう。

(…)事件の当事者に「どうしてバラバラにしたんだい」と、その理由を質問すると、その答えがびっくりするほど散文的なのに、我々は驚かされるであろう。つまり、「そのほう

が運搬に便利だから」というのと、「身元を隠すため」という理由が、圧倒的に多いのだ。もし我々が、人体をバラバラにするという行為の中に、人間性のはかり知れない深淵を見届けようとしていたとしたら、それは見事に肩すかしを喰わされることになる。「バラバラ事件」の犯人たちは、意外なほど合理的精神の持ち主なのである。

こうして事件に対する深読みの愚かさを指摘したのち、「合理精神がそこに働いているからこそ、我々は逆にそこに異常性を感じとるのである。それはもしかしたら、今日医学界で問題となっている「臓器移植」が、極めて合理的な考え方に基づくものであり、だからこそ異常な気がするのと、よく似ているのかもしれない」と、話を猟奇事件からいきなり臓器移植へと飛躍させるあたりの手つきが、別役の真骨頂ではないだろうか。

さらに『別役実の犯罪のことば解読事典』(三省堂、二〇〇一年)では、こんな考え方も提示する。

(…)《バラバラ事件》の犯人は、その身元を隠そうとしてバラバラにするのではなく、彼の犯行の結果であり、罪の結晶である死体を、大きく拡散させ、同一人物の死体としてはあり得ないほど「薄める」べく、そうするのだ。

なるほど遺体を切り刻んであちこちに捨て去るのは、遺体という存在を限りなく希釈し薄めてしまう行為である、と。なかなか斬新な発想ではないか。

それはともかく、バラバラ事件に関する別役の文章を読んでいると、この人はやはり悪趣味なものに惹かれるのだなあと思わずにはいられない。悪趣味であるとは、欲望や願望を剥き出しにしたままどこか中途半端に理性や分別を発揮し、結果として日常性から逸脱して異形なものが立ち現れているにもかかわらず当人は「そんなものだ」と自己肯定している（ときには得意になっている）状態であるとここでは定義しておきたい。その定義を当て嵌めてみれば、《バラバラ事件》も《臓器移植》も似たようなものであるのが分かる。

往々にして悪趣味である事物には滑稽なトーンが醸し出される。えげつなさや恥知らずさ、精神的な視野狭窄状態や自己抑制の欠如は、他人からすれば可笑しい。みっともないものを目にした際の可笑しさと同様の感情が惹起される。そのような文脈において敗戦後の混乱は悪趣味そのものだったはずだし、ためらうことなく戦時中とは正反対に態度を変えて平然としている人々を見ればそこに不条理のスパイスまでもが加わってこよう。やはり荒川のバラバラ事件は、別役の精神に深く根を下ろしているようだ。

別役の犯罪論に登場するキーワードのひとつに「生活感覚」がある。『別役実の犯罪症候群』

（三省堂、一九八一年）では、「我々は犯罪というものを、ひとつの「生活感覚」の破綻として把えている。「生活感覚」というものは、状況に応じて微妙に調整されながらそれに順応してゆくものであるから、状況の変化に従って「生活感覚」も変化し、従ってその破綻の様相も変化する。つまり、その意味で犯罪というのは、常に時代の典型なのである」と述べている。

「日航機墜落事故」と呼ばれる案件があった。昭和五七年二月九日、乗員乗客併せて一七四名を乗せた福岡発博羽田行きのダグラスＤＣ８‐Ｇ型機（日航３５０便）は、着陸寸前にいきなり機首が下がり、滑走路手前の海面に墜落、死者二四名、重軽傷者一四九名の大惨事となったのである。墜落原因は機長（53）が着陸直前にエンジンを逆噴射させ、さらには操縦桿を前に倒したための失速であった。機長は妄想型の統合失調症であり、異常な操縦は幻聴に命令されてのものであった。機長の唐突な行動に対して副機長が放った「機長、何をする！」という台詞や、「逆噴射」という言葉、さらに産業医によって機長が誤診されていた際の病名「心身症」が流行語となった。この事件に関して別役は、『犯罪の見取図』で以下のように語る。

> もしかしたら、ひとりの人間の動かせる物体の重量には、そこにどのような増幅装置を介在させても、限界があるのではないだろうかと私は考えている。増幅力が大きくなればなるほど、それが物体であり量であることの手ごたえが失われるのであり、そのことから逆にく

る何らかの抑圧が、我々の生活感覚に負担となって感じられないはずはない、と思われるのだ。言ってみればそれは、押してもそれだけの力で返って来ることの決してない、無重力に近い世界である。(…)つまり彼は、巨大であるにもかかわらず余り手ごたえのない機体の操縦性に苛立ち、とっさにそれを手ごたえのある物量として確かめるべく、逆噴射のハンドルを引いてしまったのかもしれない、とも考えられるではないか。

なるほど直感的にこの意見には納得がいく。たとえ機長が幻聴に唆されたにせよ、その背後には右に記されたような危うい心情が潜在しているのではないかと別役は言っているわけで、だからこそ生活感覚の破綻がもたらした事件であると見なせよう。あるいは悪趣味な要素が見え隠れする事件である、と。

『現代犯罪図鑑』(漫画家・玖保キリコとの共著、岩波書店、一九九二年)で論じられた無言電話の事件はどうだろうか。昭和四七年に、犯人の某が中華そば屋を標的に三カ月間で九七〇回もの無言電話を掛けて偽計業務妨害罪が適用されたケースである。飛び抜けて珍しい犯罪ではなく、しかしこの種の事件は薄気味が悪い。

罪状は業務妨害であるが、別役は「我々にはどうも、業務に関わる損害以上の、もっと大きな損害の気配を、ここに感じとらざるを得ない」と書く。曖昧でどこか割り切れない気分をきちんと把握しつつ勿体ぶってみせるこの語り口にこそ、彼の犯罪論の醍醐味があると思わずにはいられない。

わたしたちは無言電話が「「悪意」の発現の中でも、極めて特異な先述であることに、気付く必要があるであろう」と別役は説く。

「無言電話」ということで、「悪意」の内容すら明らかにされないことがある。つまり受信者は、突如として侵入してきた誰のものともわからぬ「悪意」を、ただ一方的に引き受けさせられるのであり、その内容をも、自分自身の内から自分自身で探り出すべく、強制されるのである。反論することの出来ない被告人の立場に立たされるのだと考えれば、大変わかりやすい。

すなわち、身に覚えがあるのかないのかすら曖昧な出来事について、とにかくそれがお前（受信者）の人生には間違いなく存在し、それを私（発信者）とお前（受信者）とは共有しているのだ――そのように無言電話の相手は沈黙を介して伝えてくる。そこには事実確認の余地も、話し合いの余地もない。もしも共有している出来事を思い出せなかったとしたら、それこそが罪であり、思い出せたならそれを償わないのが罪である、と。

言葉は、「個人」が「個人」であることを決して突破しないが、「無言」はそうではない。或る意味では、どんな言葉より「無言」の方が強力である。ただし、これまで「無言」が無害であったのは、それがそれ自体では決して攻撃せず、従って我々はいつでもそれから遠ざかり、放任しておくことが出来たからである。電話という回路の出現によって、それが不可能になった。電話という回路を通ずることにより、「無言」は常に我々が「個人」であることの表皮を超えて、その本体に侵入することが出来るようになったのである。電話という回路が、何であれ伝達することを強要するものだからにほかならない。

こう書いたあと、別役はさらに、無言電話は受信者に憑依して「個人」たる存在の根拠をおびやかすのだと述べる。まことに腑に落ちる説明で、それどころか電話というものに普段から誰もが感じているであろう違和感を絵解きしてもらった気分になる。

おしなべて、生活感覚が揺さぶられる不安感を「あるある話」的なものに絡めて論じるときに、別役の犯罪論は光を放ちはじめるようである。だから事件が下世話なトーンをどれだけ帯びているかで彼の文章は面白さが決まってくる。少なくともわたしにはそのように感じられる。別役が独自の視点を提示したり、意外な発想を示すことで読者は蒙を啓かれたような、視野が広がったような気分になるだろう。だがその気分は持続しない。一過性だ。驚いたり感心はすれども、それだけ。

かつて「プリンに醤油を掛けると雲丹とそっくりの味になる」という話を教えられたことがある。びっくりしたが、そうかもしれないと思わせる妙なリアリティーがあって、機会があれば試してみたい気すらしてくる。でもそれ以上には発展しない。どこをどう間違えたらプリンに醤油を掛けるような失敗をするのだろうと訝ったり、雲丹の味を言葉で説明するのはものすごく難しいなあとか、そんなことばかり考えてしまう。寿司飯にプリンを載せて軍艦巻きにして醤油を注いでみようとか、そうした実用方面には決して発展しない。

どうも別役の犯罪論には、プリンに醤油みたいな「ただそれだけ」感が強いのだ。つまり普遍性や実用性への探求には向かわず、相似や類似の指摘以上のものにはならない。だが逆にそれだからこそ、意外性や面白さが際立つ。良い悪いの話ではなく、そのような性格の論なのだと思うのである。

一九八二年からおよそ二年にわたり、別役は『東京新聞』日曜版に「探偵X氏の事件」という読み切りの掌篇を連載をしている。X氏は肥満で卑しく間抜けな、しかし本人は自信満々の、つまり存在自体が悪趣味な人物である。物語の一回分が四〇〇字詰め原稿用紙で四枚少々、狙いとしてはチェスタトンの逆説とモンティ・パイソンの諧謔（かいぎゃく）といったところであろうか。いや、ピエール＝アンリ・カミのほうが近いか。ただしあまり上手くいっていない。よくもまあ打ち切られずに三年も続いたものだと、個人的には驚く（一九八六年に王国社から単行本化）。

このシリーズに、「エントツ事件」という一篇がある。

路地の奥に廃業した風呂屋があり、そこのもはや使われていない煙突が昨晩突然盗まれて消失してしまった。相談してきたのはH氏で、彼はいつも帰宅が遅く、煙突を目印に道を定めている。そんなH氏は、煙突が消えてしまったせいで迷ってしまった。遅い帰宅がますます遅くなり、そのため女房と大喧嘩になり、頭に血が昇った妻はいつも必ず皿を投げつける癖があるので昨夜も何枚もの皿が割れる始末となった。いったいどうなっているんでしょう。困ったH氏が探偵に相談を持ち掛けたのであった。

するとX氏はたちまち真相を見抜いてしまう。食器を売っている店の主人が煙突盗難の犯人であると断定するのだ。彼は店まで赴いて主人に詰問する。

「そうなんだろう？　H氏の帰宅を遅くして、奥さんとケンカさせて、お皿を割らせて、君の店へ買いに来させるために、君はエントツを盗んだんだな」と。店主はその明察ぶりに恐れ入り「その通りです」と罪を認める。煙突盗難の動機は、皿の売り上げを期待してのことだったという次第である。

とんでもなく強引な論理だが、物語の最後に別役はこんな文章をさりげなく付け加える。「同じ街に住んでいると、犯人もまた探偵の考え方に、似てくるものなのです。」

この文章、ぼんやり読んでいるとおかしな説得力を発揮してくるのである。なるほど、そうかもしれないなあ、と。


既に述べたように、個別の事件、ことに三面記事レベルの事件を扱うときに別役の筆は冴え渡る。雲丹の味が横溢（おういつ）する。ところが彼は、ときおり複数の事件を点綴（てんてい）して時代の流れや変わり目を見据えようとする。そのこと自体は重要だし、そもそも別役は生活感覚の破綻を通して時代を捉えようとしてきた。たとえば一九八〇年代においては、「イエスの方舟事件」「新宿バス放火事件」「金属バット殺人事件」の三つを挙げ、そこに共同体の変質や崩壊を見定めている。ここまでは首肯するし、嗅覚も鋭いと感じる。

だが実際に総論的に語り出すと、正直なところ、何を言っているのかよく分からないのだ。主張したい内容は薄々分かる。けれども、何だか雲を掴むようだ。それこそ「同じ街に住んでいると、犯人もまた探偵の考え方に、似てくるものなのです」と囁かれているような「まことしやかな手応え」しか伝わってこないのである。

理由のひとつは、文章が長ければ長いほど比喩に比喩を重ねるような内容になってくるためだろう。近似値を掛け合わせればどんどん実体から遠ざかって行く。大きなテーマを長文で述べるには、別役の文体は相応しくない。

さらに、別役は犯罪とは少々距離をおいた領域での知見を参考にしたがらない。たとえば共同体の一種であるところの家族——その変質や崩壊について論じたいならば、心理学や精神医学の分野こそが遥かに早くそうした問題を察知し論じてきたのである。なぜそのあたりをスルーしてしまうのか。

これはわたしなりの勝手な推測だが、別役は犯罪を報じた新聞の切り抜き「だけ」を手にして論じたいといった思いが強かったのではないか。参考文献や資料を沢山集めて論じるのではなく、むしろ安楽椅子探偵（ちなみに探偵X氏は、早とちりはするが意外に行動的である）を気取って思いを巡らせるところに美学を持っていたような気がするのである。怠惰とか不勉強といった話ではなく、直感と生活感覚を武器に解読していくことに秘かな矜持を持っていたのではないかと思うのだ。そして個別の事件を短い文章で検討するぶんには、それが上手く機能していた。

しかし文章が長くなると、どんどん内容が不鮮明になっていく。まあそんなものだと了解するしかなかろう。

安楽椅子探偵・別役実は、ときに誤った思い込みをすることもある。例として『別役実の犯罪のことば解読事典』から《精神鑑定》の項を取り上げてみよう。彼は鑑定についてこのように述べる。

つまり精神鑑定というのは、この世界に知的に解読出来ない事件があってはならないという考え方に基づき、犯行者本人がそれをそのように説明出来ない時、代りに説明してやるためのものに他ならない。「だからさ、君はそう言っているけど、もう少しわかりやすく言うとこういうことだろ」というわけだ。

どうも別役は精神鑑定についてのイメージそのものを、あまりにも自己流に捉えているようにしか思えない。わたしは司法精神鑑定を結構熱心に行っていた時期があるのでその経験を思い出しても、彼の断言には首を傾げたくなる。

何よりも精神鑑定に求められるのは、被告の責任能力である。ただしいきなり責任能力の有無だけを鑑定人から言われても、裁判長としては戸惑ってしまう。そこで鑑定ではどのようなことを、裁判長は鑑定人に命ずるのか。

昭和二五年七月二日に、徒弟僧・林養賢によって国宝鹿苑寺舎利殿・通称金閣が放火され全焼した。いわゆる「金閣放火事件」で、林養賢は動機の供述が曖昧だったことから精神鑑定が行われた。この際、鑑定人の京大精神医学教室主任教授であった三浦百重に命ぜられた鑑定事項は「本件犯行当時及その前後における被告人の精神状態は如何」――これだけである。なぜこんな罰当たりなことをしたのかを、林養賢に代わって説明してみよ、解読してみよ、なんて命じてはいない。

もちろん精神状態を説明することは、必然的に動機の説明をも導き出すだろう。精神疾患であったなら病名や程度も明らかにされ、また責任能力についても言及されることを前提にした「被告人の精神状態は如何」である。そして鑑定書には本人への面接結果や心理テスト等を含め多くの記載がなされ、最後のいわゆる鑑定主文は左記の通りとなる。

昭和二十五年七月二日本件犯行当時及その前後に於ける被告人林養賢の精神状態は本鑑定期間乃至その平生と大差なく、軽度ではあるが、性格異常を呈し、「分裂気質」と診断すべき状態にあったと推定される。而して本犯行は同症の部分現象たる病的優越観念に発するものである。

結局、裁判長はこの精神鑑定を参考に、林養賢を懲役七年に処した。つまり責任能力「あり」、である(通常、パーソナリティーの偏りは責任能力ありと判断される)。しかし三浦の鑑定は間違っていた。加古川刑務所で林は本格的な統合失調症の症状を呈するようになり、また肺結核の症状が悪化した。満期釈放のあと京都府洛南病院に措置入院となり、ここで結核の悪化による全身衰弱で死去した。

誤診の件はともかく、精神鑑定は別役が想像するような便利な説明装置といった機能とは少しばかりニュアンスが異なっているとわたしは言いたいのである。名探偵の謎解きとは違うと言いたいわけである。

だが、だから別役を否定したいといった話ではない。ある種の素朴な思い込みや、いささか強引な推論をも含めて、わたしは彼の犯罪論を愉しみ、また目からウロコが落ちる思いに喜ぶこともあった。考えてみれば、犯罪にまつわる別役の原稿は犯罪論というよりは犯罪エッセイと称すべきではなかったか。むしろエッセイという「軽み」を含んだ名称こそが、彼の自在な想像力には似合っていた気がするのである。

「雲丹の味と安楽椅子探偵——別役実の犯罪論・再考」(『ユリイカ』二〇二〇年一〇月臨時増刊号)

コレクターの精神構造——ささやかだけれど切実な病理

本来的に、わたしたち人間にはモノを集めたがる性向が多かれ少なかれインストールされている。それは備蓄だとか保存、ストックといった営みが日常生活をより安全快適にするといった事情と連動しているからだろう。

成長過程の子どもには、モノ集めに熱中する時期がある。誰だって記憶を持っているはずだ、シールやカード、キン肉マン消しゴム（キン消し）などに熱中した頃の。いっぽうゴミ屋敷の主は大概の場合、軽い認知症ないし統合失調症を患っているものだが、彼らはいずれも脳機能に退行した部分が生じている。遠い過去が露呈しているのだ。

そうした観察からも、精神の内部には蒐集へ向かうベクトルが埋め込まれているように推測される。とはいうものの、コレクターという人種の精神構造がそれだけで説明できるとは思えない。精神的退行の産物と決めつけられてしまっては「あんまり」だ。もっと何か切実な要因が絡んでいるに違いない。

先取りして言ってしまうなら、その要因とは〈不確実感〉と〈秘密〉ということになる。だがそれらについて説明する前に、コレクションを継続していく姿勢には二つのタイプがあることを確認しておきたい。

タイプその1は、コンプリートを目指す蒐集態度である。言い換えれば、コレクションのゴール（何を集めなければならないのか）がきちんと分かっている。

たとえば一九二七年にフランスの植民地で発行された切手のすべてを集めようとしたら、理屈としてそれは可能だろう。それらの切手は既にカタログ化されており、だからコレクション用のチェックリストを作成することができる。それをガイドにしてジグソーパズルのピースを一片ずつ埋めていく作業がコレクターのなすべき行動であり、パーフェクトに集め終えたという歓喜の瞬間を目指して彼らは活動を開始する。

なるほど目標が明確であれば、頑張り甲斐もあろう。人生において完璧なんて言葉が登場する機会はまことに稀である。それを考えただけでも、コンプリートへと収斂していく蒐集行為はスリルに満ちたドラマであると言いたくなる。

しかしあえて難癖をつけるなら、富豪クラスの金を以てすればそのコレクションは瞬く間に完成してしまうかもしれない。少なくともそれなりに価値があると見なされているものなら、あっさりと金銭で解決がついてしまうかもしれない。蒐集に伴うであろう苦労が、所詮は金に換算されてしまいかねないといった話はあまり愉快でない。

　アメリカ本国で食品や菓子にオマケとして付けられた玩具やバッジ、ノベルティーグッズの類については、ほぼ完璧なプライスガイドが年鑑形式で発行されている。それを参照すれば、保存状態とレア度に応じた「アンティークとしての」価格が分かる。そのガイド本を初めて手に取ったときには（かつて銀座にあった洋書専門のイエナ書店の店頭であった）、その商業主義ぶりに鼻白む思いをしたものだが、コンプリートを目指す蒐集にはそうした実も蓋もない事情が伴いがちだ。それゆえに、個人的にはコンプリート指向のコレクションはあまり好きでない。

　ではタイプその2はどのようなものか。こちらはコンプリートを目指そうにも全貌が把握しかねることを前提とした蒐集態度である。だからゴールはない。ゴールを定められない。仮にコンプリートを達成していたとしても、それは神にしか分からない。

　たとえば我が国で民間薬として流通していた「頭痛薬」の紙袋をわたしは集めていたことがある。袋には〈サエル〉〈ソーカイ〉〈アロピン〉〈ズバリ〉〈ブレーエンMK〉〈ジツートンプク〉〈カルミン〉〈ネオノージ〉などといささかインチキくさい名前が刷られ、多くは人の顔が描かれている。学者めいた白髭に眼鏡の老人やサラリーマン風の男性、主婦などが額や側頭部に手を当てながら眉間に縦皺を寄せて頭痛に苦しんでいる絵柄か、さもなければ若い女性がいかにも痛みから解放されたかのように晴れ晴れとした表情を浮かべている絵柄、そのどちらかが稚拙に描かれているのが通常である。どれもデザイン的には似ていると言えば似ているけれども、むしろ微妙なバリエーションが面白い。

民間薬の多くは生薬であり、製造販売に際して役所へ届け出をする制度はなかった。したがってきわめてローカルなものや販路の狭いものも多く、いったい全国ではどれだけの種類の頭痛薬が出回っていたかなど調べようがない。つまり、パーフェクトに袋を集めることなど不可能なのである。

ではコレクターはどこに醍醐味を覚えるのか。わたしは、「ひょっとしたらこんな絵柄やデザイン、あるいはネーミングの頭痛薬が存在していたのではないか」と予測を立てるところに妙味を感じていた。角帽に詰め襟の大学生が頭痛で苦しんでいる絵柄はないのだろうかと思ってみたり、擬人化された動物が頭痛に悩んでいる絵柄はたぶんないだろうなと勝手に決めつけてみたり、そうした推測が楽しい。〈すいせい〉という頭痛薬があり、これはさわやかな笑顔の女性の背後を彗星が横切っているという斬新なデザインになっている。当方は、漠然とコメットをモチーフにした絵柄が存在するのではないかと考えていたので、思っていた通りのものに出会った際の喜びはひとしおであった。

こうした予測は、ある程度コレクションが充実してきた段階で自然に湧き出てくるものである。それは人間の思考における癖や偏り、習い性を確認する行為に近く、内省的な要素がかなり強い。コンプリートの達成感は望めないけれど、「ああ、やはり」と予想が実現していく楽しみには深い奥行きがある。さもなければ、「え、こんなことを思いつく人間がいたんだ！」という驚き。そこにも快さは伴っている。

寒暖計だとか毛生え薬のパッケージ、日本酒の瓶のラベル、小型扇風機、ジュースの瓶の蓋、水枕等々どんなものにもコレクターは存在するはずで、彼らのコレクションは常に「中間報告」でしかない。そこには必ずや人間観察に近い好奇心が裏打ちされているだろう。

付け加えるなら、自然物のコレクション（動物・植物・鉱物）は神の思考をなぞる営みなのであろう。

精神病理の観点からすれば、蒐集行為には強迫的な心性が窺われる。強迫性障害（以前は強迫神経症と呼ばれていた）の症状には、確認行為（火の始末や戸締まりなどが気になり、何度確認しても気が済まない）、儀式行為（玄関を出る際には必ず右足から踏み出すことにしていて、うっかり左足から出てしまったらあらためてやり直すとか。一種のジンクスやマジナイ）、不潔恐怖（病原菌に汚染されていると恐れるどころか、一時間手を洗い続けても不安が去らないとか）、加害恐怖（自動車で人を轢いてしまったのではないかと気になり、もう一度同じ道を引き返したり、ニュースになっていないかと新聞を何紙も購読する等）、配置や対称性への固執（机の上の品々が左右対称にきちんと並んでいないと気が済まない等）、計算癖（特に桁数の大きな数字を見るとそれが特定の数字で割り切れるか計算したり、あらゆる品物の数を勘定せずにはいられなかったり）などが挙げられ、軽度ならばこれらの諸症状に該当する人は珍しくあるまい。

一般に強迫性障害者本人は、自分の行為が無意味で馬鹿げていると自覚している。にもかかわらず、それを止められない。もし止めたら恐ろしい事態が生じてしまいそうな（いささか妄想的な）不安に、あるいは半ドアのまま自動車をスタートさせてしまうような落ち着かない気持に囚われてしまう。

たとえ愚かしく映ろうとも、強迫行為を遂行せねば〈不確実感〉に絡め取られてしまう。中途半端でまとまりを欠き、宙ぶらりんで曖昧な気分に支配されてしまう。それは背中の痒みのように不快きわまりない。

コレクターに親和性のある精神の持ち主は、おしなべて不確実感を胸の奥に抱えがちのようである。それが強迫性障害として顕現してしまえば病気の範疇だが、そこまでには至っていない場合、蒐集行為（ことにタイプその1）が心に「確実さの元型」をもたらすことは容易に想像がつこう。それは慰めとなる。精神安定剤に近い効能をもたらす。完璧なコレクションが、護符や呪文に近い役割を果たし得ると夢想するわけだ。また、タイプその2においては、人間の思考のありよう、その普遍性を実感するという体験によって不確実感を乗り越えようとしているのではないか。

さらに、強迫的心性の持ち主たちは表面的には穏やかだけれど内面には激しい攻撃性が宿っているといった説がある。

内部の攻撃性を平気で剥き出しにしてしまうような単純さを彼らは持ち合わせていない。だが内圧を解放してやらないと、いつ衝動的・暴力的な振る舞いに及んでしまうか分からない。そんなときに、無意識のうちに無害かつ無意味で自己完結的な行為に耽溺することでエネルギーを空費させる。それがすなわち強迫行為である、と。

なるほどコレクターたちは、普段は紳士的であっても、いざレアものの争奪戦となると、いつもの上品な態度をかなぐり捨て、呆れるばかりに手段を選ばず「えげつない」ことをしかねない。攻撃性説もそれなりの説得力はありそうだ。

ではコレクターの精神構造に大きく関与するもうひとつの要素、〈秘密〉についてはどうであろうか。

秘密に関してそれをどのような性質のものと捉えるのか、人には正反対のタイプが存在するようである。秘密は守り通さねばならないし、疚(やま)しさに近い感情を携えることになる。つまり孤独を強いられ、泣き言を口に出すのも憚られる。そんな状況は苦痛であり、だから秘密なんか絶対に持ちたくないと考えるタイプの人間がいる。他方、秘密があってこそ自分と他人との明確な差異が生じるのだし、いわば自分だけの世界をそっと持つことに通ずる。しかも他人が知らない情報を持っているのは優越感に繋がる、といった具合に秘密を歓迎するタイプの人間がいる。おそらくコレクターは後者であり、コレクションは隠し事でも恥ずべき行為でもないかもしれないけれど、ときには無理解や非難に遭遇し、むしろ常人には理解されないところに矜持が生ずる場合すらある。孤独と屈折、そして独りぼっちの王国をそっと築き上げるところにコレクターの楽しみは存在するだろう。

子どもには隠し事はあっても秘密はない。いや、秘密をキープするだけの精神的成熟がもたらされていない。心の病気や認知症では、秘密を持ち続けるだけの精神的余裕がない。コレクションの周囲に漂う秘密の香りを享受するには、相応に成長し安定した心のありようが必要なわけである。

金銭的な価値は、コレクションの喜びとはひとまず別な文脈にある。蒐集した数の多さが自慢になるとは限らない。レアで珍奇なものが多く含まれているか、蒐集に伴う「語るに足る」物語があるか、コレクション全体に独自の思想や判断が貫かれているか——そのあたりがポイントになってくるだろう。ことに三番目の「独自の思想や判断」が重要に違いない。

だからこそ、想像のみのコレクションも許されることになる。ケヴィン・ウィルソンの短篇集『地球の中心までトンネルを掘る』(芹澤恵訳、東京創元社、二〇一五年)所収の「あれやこれや博物館「The Museum of Whatnot」のような作品に魅力を覚えられるのも、そうした一環だろう。

あれやこれや(ホワットノット)博物館では、新聞紙の帽子のコレクション、広口瓶いっぱいの乳歯コレクション、砂糖漬けアプリコットの缶詰ラベル五七三枚、四〇〇本を超えるスプーン(銀製品ではなく、日常に食卓で使われたもの)、文字(小説から引用すると、「アラバマ州はハンツヴィル出身の、今は亡きティーンエイジャーの少年が本や雑誌や新聞から切り抜いたアルファベットそれぞれの文字のコレクションだ。文字蒐集家の少年は、すべての文字をせっせと切り抜き、保管していた。たとえばあらゆる色の、ありとあらゆる字体のGという活字が、何千も何万も切り抜かれて、ビニールのポケットがたくさんついたフォルダーに、フォルダーがずんぐりと分厚くなるほど収められている」)、ウィリアム・サローヤンが溜め込んでいた一万一〇〇〇個のペーパークリップと大判ゴミ袋一一袋にぎゅう詰めになっている輪ゴムなどが展示されているという。作者がどれだけ楽しみながらコレクションの内容を考えたかと思うと、こちらまで顔が綻んでくるではないか。

なお文字蒐集家の少年は、自分で集めた活字を紙に貼り付けて「この世界にぼくの居場所はない」という遺書を作って自殺した。その遺書も展示物に含まれているとケヴィン・ウィルソンは書くのである。そう、物語が埋め込まれていなければ蒐集は虫に食い荒らされた剥製以下の存在になってしまいかねない。

物語とは、世界の一部が切り取られ並べられることによって、運命とか必然性とか不条理さを聴き手ないしは読者に体感させる仕掛けである。まさに切り取られた一部が、コレクションとして登場している。蒐集品は物語の豊穣な可能性を孕んで静かに横たわっている。

立ち上がってくるであろう物語とは別に、蒐集品「のみ」で物語を形づくってみたくなる欲望もまた、普遍的なはずである。それが分類という営みではないだろうか。ついでに申せば、狂気とはこの世界の事物を分類整理するひとつの態度である。そこには偏った前提や突飛な連想、他人には理解不能な価値観が介在しているだけで、少なくともそのコレクションが否定される「いわれ」はない。


「コレクターの精神構造——ささやかだけれど切実な病理」(『ユリイカ』二〇一八年一〇月号)

耳をそばだてる楽しみ

「聞く力」といったものは、コミュニケーションの一環として語られることが多いだろう。喋る者と聞く者の双方によって会話は成立するわけであり、その交流の半分いや半分以上は聞く力によって支えられている。

雑談には、基本的に目的がない。気心の知れた相手、意気投合した相手と自然発生的に交わされる会話であり、談論風発となればもはや快楽である。喋る側と聞く側とが目まぐるしく交代しつつ「場」を盛り上げていく。話が脱線しようと暴走しようと、それもまた面白さのうちである。そういった意味では、雑談はカウンセリング的な会話(けじめが求められ、語る側と聞く側との立場が明確)とは対極にある。聞く力というよりも、むしろ盛り上げる力と空気を読む力こそが求められる。

喘息持ちの一人っ子という事情があって、わたしは家の中にいることが多かった。幼稚園や保育園には行かなかったし、六歳を過ぎてからは電車で遠くの私立小学校に通っていた。近所に遊び友だちはいなかった。自宅には、夜になるとしょっちゅう大人が遊びに来ていた印象がある。両親の知人、友人、仕事仲間である。我が家がテレビを購入したのは当方が小学校二年生のときだから、それまでは雑談が娯楽の手段として大いに力を発揮していたのだろう。

遊びに来ていた大人たちは、多少の酒は飲んだものの、酔っぱらいの繰り言に陥ることはなかった。卓を囲んで大人たちは座り、わたしは後ろのほうで勝手に絵を描いたり畳の上に広げた本を眺めながら彼らの雑談に耳を傾けていた。必ず「話上手」な人がいて、その人物が話を披露するタイミングを上手く采配することに両親は留意していたようである。その程度の「場の流れ」は子どもにも分かった。

話はわたしが聞いているのをある程度意識して語られることもあれば、わざわざわたしのために喋ってくれることもあった。子どもは無視する形で会話が進んでいくこともあった。

いずれにせよ、そうした会話ないしは雑談に、半分参加しているような参加していないような、そんな曖昧な形で関わっていることが幼いわたしにとってはまことに心地が良かった。その頃の雰囲気を思い出させるものとして、庄野潤三が昭和三三年に発表した「五人の男」(『プールサイド小景・静物』新潮文庫、一九六五年)という短篇小説の一部を引用してみよう。

D氏は私の父の知人で、私が中学生の頃によく私たちの家へ来て愉快そうに話をしていた。

(…)

D氏が私の家へやって来るのは、同じ町内に住んでいるからであったが、第一に話好きであったからだ。この人が来るのはいつも夕食後で、家族がみんな揃っている時であった。自分の話を聞く人が大人であると子供であるとを問わず、一人でも多い方が、話好きな人に取っては張り合いがあるのに違いない。

私も両親や兄たちのそばにいて、D氏の話を聞いた。その話のうちで最も印象に残っているのは、D氏がアメリカに行った時、シカゴの市中で昼間、二人のギャングにつかまって脅迫されたが、逆にその二人のギャングを地面に叩きつけたという話である。

どんな風にしてやっつけたかということはもうすっかり忘れてしまったが、それを話している時のD氏の表情といかにも力の入った話しぶりとだけは今でもはっきり記憶に残っている。

私は夢中になってD氏の顔を見つめていたが、相手のギャングを叩きつけるところでは、(そこが話の主要な部分であったが) 思わず、

「そんなにひどくやっつけても大丈夫なのか?」

と心配になったほどであった。

その話を私の父や母はどの程度にまともに受け取っていたか私は知らない。あまりうま過

ぎる話なので、いくらか法螺も入っていると考えたかも知れない。

法螺話や失敗談、他愛ない噂話や人物評価、政治経済の話から怪談まで、さまざまな雑談が交わされていた。そのような「場」に接するようなちょっと距離を置いた位置で、わたしは耳をそばだてていた。

ひと口に「聞く」といっても、相手が一方的に語る場合もあれば交互に語る（聞く）場合もある。聞く側が一人のこともあれば、家族や友人たちといった複数の場合もあろう。講演会などのように、見知らぬ人と一緒に耳を傾けることもあるだろう。

馴染みの者と一緒に話を聞くのは快い。たんに聞くだけでなく、内容を共有することに喜びが生ずる。自分の隣にいる聞き手も、自分と同じように感じているのだろうという手応えが伝わってくると、そこで「場」が豊かになる。連帯感に近い空気を実感するのは、人間にとってある種の愉楽である。

大人たちが雑談を交わす「場」のいわば辺縁で、わたしはいつも話を聞いていた。そのときの自分は、まことに素朴な子どもであったと同時にびっくりするほど大人びてもいた。会話の内容を面白がると同時に、「ああ、この人は皆を面白がらせるためにわざと話を誇張しているな」とか、「この前と同じ話をしているけど、細部がちょっと違うじゃないか」「同じ内容の話をナントカさんが語ったらもっと迫力満点だろうに」などと冷静なコメントが脳裏に浮かぶ。語り手が別の人に移るきっかけや間合いが、離れた場所にいるからこそ手に取るように分かったりする。雑談の場がひとつの舞台となっていて、それをわたしが俯瞰しているような気になることさえあった。

直接会話に参加していないからこそ、想像力が刺激される——まさにこれが、最大の魅力であった気がしてならない。

たとえば父の勤務先の会議室で起きたエピソードが語られているとする。その事件が生じた会議室をわたしは見たことがない。いや、子どものわたしは、そもそも会議室なんてものを知らなかった。そこで自分なりに会議室を想像してみる。会議という言葉は何となく分かるから、それを行う部屋なのだろう。大きなテーブルが据えてあるのかどうかさえ見当がつかない。待合室や食堂とどう違うのか。子どもなりの飛躍した発想で、なぜか立派な松の盆栽が会議室に飾ってあるのだけは間違いないなどと確信したりする。

そんな調子で、勝手に大人の世界を思い浮かべては修正を図っていく。でも現実とは大違いだ。しかしそんなことは気にしない。自分としては早く大人になって会議室で白熱した討論を闘わせてみたいものだと熱望する。

雑談を小耳に挟みつつ、幼いわたしは想像力の楽しさを満喫していたのである。

ここでもうひとつ引用をしてみたい。『マーク・トウェイン自伝』（渡辺利雄訳、研究社、一九七五年）からで、彼が子どもの頃に大人たちの雑談を横でそっと聞いていたときのことだ。「私はその場に居あわせていたが、おそらく、大人たちは私の存在を無視していたのではないかと思う。なにしろ、私は、まだほんの鼻ったれ小僧だったし、無視されてもおかしくない存在だったからだ」といった状況での出来事である。

やがて、話は、ピーク家の植民地時代以来の大邸宅に移っていった。堂々たる円柱と広々とした敷地のある大邸宅のようであったが、私は、とぎれとぎれに聞こえてくる話から、その邸宅のたたずまいをはっきり思い浮かべることができた。すごく興味があった。というのは、そうした宮殿のような邸宅の話を、自分の眼で見た人の口から直接聞くのはこれがはじめてのことだったからだ。そして、そうした話の中で、誰かが何気なく言った一つのつまらないことが、私の想像力をつよく刺激した。正面の大扉の脇の壁に、コーヒー茶碗の受け皿ほどのまるい大きな穴があいていたという話だった――独立戦争中、イギリス軍の大砲の弾でできた穴ということだった。それを聞くと、私は思わず息をのむ思いがした。その小さな一つの事実によって、歴史が急に現実味をもつように思われたからだった。これまで私にとって歴史がこれほど身近な現実感をもって迫ってきたことはかつてないことだった。

大人たちの雑談を近くで聞くことの醍醐味のひとつは、「誰かが何気なく言った一つのつまらないことが、私の想像力をつよく刺激した」という一節に集約されるだろう。

たとえば「読み聞かせ」というものがある。パフォーマンス的要素を含んだ朗読と解釈すればよいのだろうか。あれがライブ感を含めて子どもたちを魅了するのは十分に納得がいく。それに比べれば、大人たちの雑談を聞いているなんて情操教育的には意義が薄いのかもしれない。無意味に近いと思われてしまうかもしれない。

だが、大人たちが雑談を交わす場の辺縁で想像力を働かせ、ときには「誰かが何気なく言った一つのつまらないこと」に心を揺さぶられる体験は、それが子ども向けに準備され整えられたものではないがゆえに、なおいっそう子どもの胸に深く届くのではあるまいか。それは大人の世界を垣間見ると同時に、ある種の精神的な探検旅行とすら言えるのではないか。

電車の中で他の乗客たちが交わす会話や、待合室でぼそぼそと囁かれる会話に耳をそばだてるのはわたしの趣味である。ほんの断片からさまざまなことを想像する喜びがある。ときには思ってもみなかった表現や言い回しに驚嘆することすらある。

整えられた言葉、注意深く選ばれた言葉で綴られた話ではなく、ぞんざいに、率直に、興の赴くままに語られた言葉の勢いには、人の心を活性化させる要素がある。ましてや大人たちの雑談をそっと子どもが聞くという構図には、スリルに近いものさえ潜在しているだろう。そのようなものをないがしろにしないという意味での「聞く力」を、尊重すべきだとわたしは思うのである。

「雑談に生きる「聞く力」」(『児童心理』二〇一三年一二月号)

ラブドールと占い師

オリエント工業という会社をご存知だろうか。ここはきわめて精巧かつリアルなラブドールを製造販売することで知られている。ラブドールとは疑似セックスを行うための人形（ダッチワイフ）のうち、ほぼ等身大で鑑賞にも耐え得るだけの品質を持ったものを指す。実際、オリエント工業製は姿勢を保持するための骨格を備え、軟部組織はシリコンで作られ、造形には芸大彫刻科出身の職人までもが携わっている。視線を調整できるように目玉を動かせるし、髪は鬘(かつら)をそのまま使う。サイズもおおむね実際の人間に近く、自由に服を着せ替えられる。重量は肉体のそれに近く、まさに「人間そっくり」である。いや、顔もボディーも理想的な女性ということになろう。値段は七〇万円近い。

どんな人がこのラブドールを購入するのか。性欲はあるが「生身の」女性との接触を苦手とする人がいるだろう。いっそ人形だからファンタジーを存分に膨らませられると考える人もいるだろう（そのような人は往々にして変態と呼ばれる）。女性との出会いという文脈で深刻なハンディをかかえた障害者の需要も結構あるらしく、それに鑑みて障害者割引が実施されているという。必ずしもモテない奴のための代替品というわけではない。

ネットで検索すれば写真が出てくる。ショールームもある。実にリアルで、気味が悪いほどである。なまじ血が通っていないがために、かえって妖しい魅力を放っている。しかもこれは「実用品」なのである。切実さによって顕現した奇跡みたいなものである。

この人形を使って自分はセックスが可能かと考えてみる。無人島に自分一人が漂着して、なぜかラブドールも一緒だったとすれば、遅かれ早かれ抱いてみることになるかもしれない。だがそれ以外のシチュエーションだと「間抜けな姿のオレ」「惨めなオレ」「正気を失ったオレ」といったイメージがブレーキとなりそうだ。いやそれだけではなく、何か根源的な不自然さというか「いかがわしさ」を直感してしまう。

どうしてセックスは楽しいのだろう。粘膜レベルの快感や野蛮な欲望はさて置き、他者に受容してもらえる（そして心身の交流に至る）満足感が大きな部分を占めるのではないだろうか。少なくとも自分に照らしてみれば、相手がこれほどに無防備な状態で、「身を寄せ合う振る舞い」の究極形を一緒に実践してくれる事実に感動する。理性や羞恥心などよりも当方との同衾（どうきん）を優先してくれるその態度に、深い自己肯定感と安堵感とを覚えるのである。

ラブドールを相手にしていては、そうした精神的に満ち足りた気分は生じるまい。使い終えた等身大の人形は死体のようだろう。それを仕舞うときの孤独感と、白けたような空虚な気持ちを想像してみると、いたたまれない気持ちになる。おそらくそうした気分をあえて否定しつつ、あくまでも精神的な交流が成立したかのように自分を偽るその歪んだ心の働きが、ラブドールにまつわるいかがわしさの正体ではあるまいか。

さて、自分の悩みや「わだかまり」や屈託は、それを誰かに語ることで癒される。必ずしも問題が解決するとは限らないが、心に余裕が生まれれば妙案が浮かぶかもしれない。あるいはもっと別な解釈もあることに気付き、その結果として事態をうまく受け止めたり「よい経験」へと転ずることができるかもしれない。精神的な視野狭窄状態から解放されたり価値観を柔軟にする契機を得て、気持ちを楽にすることが可能となるかもしれない。

しゃべることの効能とは、すなわちカウンセリングがなぜ治療法になるのかという疑問と軌を一にしている。

そもそもカウンセラーや精神科医は、カウンセリングにおいて「目からウロコ」の鋭い指摘だとか、役に立つ助言だとか、心の糧となるような「ありがたい言葉」なんかは言わない。全く言わないわけではないが、ほとんど言わない。しゃべる役回りはクライアントないしは患者ばかりである。援助者のほうは、しゃべる側が脱線しないように軌道修正を図ったり、しゃべることに躊躇した場合に励ましたり、安心できるように雰囲気作りをしていくだけだ。せいぜいそんなことしかしない。でもそれでちゃんと治療になる。不思議でしょ？

ネットで「マーフィーの法則」を検索すると、こんな文章が出てくる。

「相談者に必要なのは、解決策ではなく、聴き手である」

これはなかなか鋭い。カウンセラーをはじめとする援助者たちは、聴き手の役割を求められる。聴き手を前にしたクライアントは、自分のつらさや苦しさや「わだかまり」を切々と語る。あたかもドキュメンタリー番組のナレーターのように語る。どんな具合に、いつ頃から、どんな経過を辿って、どんな影響があって、どのように追い詰められているのか。そうしたことを相手に語る。それなりの理解力と分別と常識と包容力を備えていて、しかも味方になってくれそうな相手＝援助者に語る。

相手にわかるようにクライアントは語らなくてはならない。曖昧な言い方や、省略や誤魔化しは通用しない。だって細かい事情なんか知らない人物が相手なのだから。

そうなるとクライアントは、自分の心の中をきちんと丁寧に整理して、それに適切な言葉を与えアウトプットするという作業（言語化）が必要となる。なべて我々が「わだかまり」で悶々としている時、そこには先入観と誤解と被害者意識とが混入している。それがために事実は歪曲されて現実から隔たったものになってしまう。しかもそれを反芻することで、なおさら歪曲を強化するという悪循環に陥ってしまう。

というわけで、語ることの効用をまとめると次の三つが言えるだろう。

①心の中をリアルな声にして発するという手続きを経て、やっと自分でも「思い込み」やバイアスに気づけるようになる。

言語化という精神活動のみならず、声に出すという肉体的な振る舞いが、悪循環からの離脱を促すのだろう。聴き手の反応や適切な質問に導かれて、過大視したり無視したり固執したり曲解していた事実が炙り出されてくる。そして目の前の相手に語る間に冷静さが戻ってくれば、改めて現実を吟味することもできよう。

②声に出して喋るという行為には、嫌なものを吐き出すとか解毒に準ずる効能がある。

たとえば意地悪な上司がいたとして、あなたが友人とビールでも飲みながらその上司についてぼやいたり悪口を言ったとしよう。それでかなり気持ちは「せいせい」するはずである。だが冷静に考えてみれば、友人と悪口で盛り上がったとしてもそれによって上司に現実的な害が及ぶわけではない。天誅なんか下らない。にもかかわらず、嫌なことは口から吐き出し、しかも賛同してくれる友人が目の前にいるだけで気が治まるものなのだ。ついでに孤独感からも抜け出せ、安心感を得られる。人の心はそのように作られているのである。

③自分の口から出た言葉を、我々は自分の耳で聴くことになる。

作家のなかには書き終えた原稿を音読する人がしばしばいて、それは音読によって文章の流れがスムーズかを確かめると同時に、黙読ではなく耳から文章をインプットすることで今までとは違う角度からの検討が可能になるからだ。同じように、自分で発した言葉を今度は自分の耳で聴き取ることは、自分の心を客観的に眺める行為の出発点と成り得る。

そのような効用により、最終的にはクライアント本人が事態をありのままに把握して自分で乗り越えていく。自力で悪循環から脱出していく。

では聴き手がヌイグルミや猫ではどうして駄目なのだろう。

ヌイグルミや猫には当人の思い入れがある。思い入れがあるがために、しかも向こうはリアルな言葉を発さないがために、じつはそれは当人の心の延長でしかない。心の中で呟き煩悶しているのと変わらない。主観のみで成り立つ脳内対話と同じなのである。

聴き手が全くの他人であれば、それなりの緊張を強いられるはずだ。必ずしも当人の言うことに賛同してくれるとは限らない。呆れたり非難がましい表情を示す可能性だってある。反論をしてくるかもしれないし、聴くふりをしつつ本当は耳を傾けてくれないかもしれない。そういった心配をかかえつつも相手に語るわけだ。だからこそ話が相手に通じた時、ましてや共感してもらった時の喜びは「ひとしお」だし、孤独感が払拭されれば「ひがみ」や思い込みはかなり軽減される。相手と実際にコミュニケーションを成立させたことで、やっと現実感が呼び覚まされる。「我に返る」きっかけがつかめる。自信の端緒を見つけられるのである。他人に向かってしっかりとしゃべらなければ自己救済の意味を成さないのは、ラブドール相手のセックスが不毛であることに近い。

ところで半年以上前のことだが、わたしはある女性占い師のところへ行った。いや、もう少し前から、何度もいろいろな占い師のところへ行っていた。予言を求めていたわけではない。自分の気持ちを打ち明けに行ったのである。

一時期は自分がうつ病ではないかと疑ったのであった。人生に対して悲観的となり、ことに文筆においていくら努力しようとも評価されない現実にすっかり嫌気がさしたのだった。オレの人生は他人に無視されるか見下されるだけだ、といった気分に陥った。運命を司る神様がいたとしたら、胸ぐらを掴んで「手を抜いてるんじゃねえよ、このクソ怠け野郎!」と毒づきたい。世の中で自分だけが損をしているような不条理感に苛まれたのである。

何だか毎日が惨めで虚しい。誰もがわたしのことを小馬鹿にしているように感じられてならない。謙虚にならねばと思ういっぽう、努力とか精進といった点ではあまり反省する気になれない。才能の問題と片付けることも可能だけれど、そこで屈したら立つ瀬がなくなってしまう。贅沢な不満だと揶揄されそうだが、主観的にはそうではない。

妻に打ち明けても笑い飛ばされるだけだ（そのおかげで楽になる部分もあるが）。友人は少ないし、その少ない友をこんな愚痴で困らせたくない。同業者である精神科医やカウンセラーには意地でも相談したくないし、彼らだってこんなひねくれ者の相手なんて迷惑だろう。酒をほとんど飲まないので、ホステスやマダムに聴いてもらうのも無理である。

ひょっとしたら誰かに呪われているんじゃないかと疑ってもいたので（結局、すべての占い師からその疑惑は否定された）、半ば自棄になって占い師のところへ赴いてみたのだった。占星術、手相、方位、霊感、四柱推命、タロットなどさまざまな占い師のところを訪ねた（自分が精神科医であることや、〝冷やかし〟に来たのではないことは最初に明言することにしていた）。

当たる・当たらないのレベルでは期待していないものの、占い師たちは猥雑な世間を泳ぎ渡ってきた強者である。彼らなりの意見や発想にはわたしみたいにヌルい人生から得たものとは違った力強さに裏打ちされているのではないか。それに彼らはありとあらゆる泣き言や悩みを突きつけられてきたはずである。それらに対応してきた結果として、地に足の着いた知恵や哲学を身に付けているだろう。占い師たちは熟練の聴き手であろうし、現場から直感的にカウンセリングの技術を体得しているに違いない。

実際、その通りであった。わたしの悩み事は解決のしようがないものの、それを簡潔明瞭かつリアルに語ろうとするうちに、閉塞感は徐々に薄らいできた。シリアスさに苦笑いが混ざってきたといった感じだろうか。あるいは、「ま、運勢の流れが変わるまで、もうちょっと待ってみるかな」といった気分の生じる余地が生まれてきた。占い師に相談する精神科医という構図に自虐的なおもしろさを感じていたことも、気分を楽にさせるべく作用したと思われる。

オーラが見えるという池袋の女性占い師のところへ出向いたのは、八九歳の母を亡くしてしばらくしてからである。霊感で占ってくれるらしい。母とは最後まで確執があったので、あの世から母を呼び出してほしいなんて希望はない。自分のことしか関心はない。

で、占い師（ただのオバサンで、およそ霊感や超能力めいたものとは無縁に見える人だった。化粧や服装も普通の主婦である）にあれこれしゃべったわけである。母の死のことがあったせいで、自分の生育史もかなり語った。わたしは一人っ子で家庭は機能不全の傾向があったゆえに、語るべき内容はいくらでもある。子どもがいないので、遺伝子的にわたしは絶滅種である。思いつくままに語っているうちに、ふとこんな台詞を口にした。

「物心がついてから現在まで、不安じゃなかった日なんて一日もないです」

これは事実である。誰でもそうなのかと思っていたらそうでもないらしいので驚いたのは大学生の頃だったろうか。いずれにせよこの台詞を淡々と語っている途中で、いきなり鼻の付け根が熱くなった。予兆はそれだけである。戸惑いながらそっと下を向いた瞬間、わたしは嗚咽していた。涙が止まらなくなった。一〇秒もしないうちにどうにか普段の感情に戻ったが、いやはやこんなことが起きるとは。なにしろわたしは三〇年間泣いたことがなかったのだ。もちろん父の死も母の死もわたしを泣かせることなんかなかった。それが今いきなり池袋の場末でこのザマかよ。

しかも占い師はちょっと得意げに、「いくらでも泣いていいのよ。カタルシスって言って、泣くと気持ちが晴れやかになりますからね」なんて言うのである。それは診察室でのオレの台詞だろうが。だが正直なところ、結構すっきりする。癖になったら嫌だな、なんて思ったりしたほどである。

おそらく当方の嗚咽は、占い師である彼女の聴き上手加減と、カウンセリングと同じ構造というか状況設定であることによってもたらされたのだろう。オバサンっぽさが包容力につながっていたせいもあるかもしれない。そしてわたしは泣くことのできる機会を三〇年間待っていたような気がする。

ラブドールに癒しを求める人もいれば、占い師の許へ出かけて泣く精神科医もいる。世の中はチューニングの狂った人たちであふれている。

「なぜ話す対象は人じゃないとダメなのか」(『精神看護』二〇一五年一一月号)

浄土と南極

かなり気分が追い詰められていた時期に（つい先日のことである）、別に自殺を目論んでいたわけではないのだけれど、浄土について思いを巡らせた。宗教的な背景がわたしにはないから天国だろうと極楽だろうと大差はないのだが、とにかく死後に永劫に暮らす世界というものについて考えてみたのである。

気候は春先の如く陽光に充ち溢れ、桃色の霞が棚引き、花が咲き乱れ鳥が歌い人も動物も仲良く暮らし、悩みや嫉妬や争いとは無縁の世界といったあたりが、わたしなりの漠然とした浄土のイメージである。作家の森敦には『浄土』と題する短篇があり、幼い頃に韓国で同級生の女の子たちと東大門の向こうへピクニックに行った思い出が描かれる。彼らはあちこちに土饅頭のある草原で弁当を食べる。実はそこは墓地であり、墓参りの人たちが来ていた。彼らの泣き声が遠くから聞こえてくる。

慟哭の声はそのままそこに止まって近くなるわけではないが、だんだん大きくなって来るようである。しかし、しばらくするとそれも止み、みなでまた楽しくサンドウィッチを食べはじめたが、大谷という女の子が、

「見て。みんなで泣いてもらったんで、お墓の人が喜んでひらひらと踊ってるわ」いくつとない土饅頭の向こうで、ほんとにチマチョゴリの女たちが踊っているのが見える。「唄も聞こえるじゃないの。まるでお浄土のようね」

さて、このような浄土には心惹かれるものの、いまひとつ最大公約数的で大味な印象が否めないし、宗教的な匂いも強い。もっとパーソナルで密度の高い浄土をわたしは欲していたのである。そこで自分用の浄土を考案してみることにした。

ひとつの世界を用意するというよりも、自分にとって幸福感を覚えられる場面を記憶ないし想像の中から切り出し、それをYouTubeで三〇秒くらいの動画にまとめ上げる。そうして自分は永久にその三〇秒の世界の反復の中に暮らす。そういった設定を思いつき、ではどんな場面がよかろうかと考えることになった。仕事の合間や電車に揺られているときに、自分用のミクロな浄土を思い描く作業はなかなか楽しい作業となった。

いくつかの場面が候補として挙がり、いまだに最終決定はしていないのだがそのひとつとし

て、自分では《青蛙堂》と呼称しているものがある。

半七捕物帳で有名な岡本綺堂の傑作に、『青蛙堂鬼談』という短篇の連作がある。大正の終り頃、小石川の切支丹坂を上り切ったところに青蛙堂主人と自称する風流人がいて、三月三日の細かな雪が降りしきる夕に、およそ一二人の人々が呼び集められる。青蛙堂主人宅の座敷で、酔狂にも彼らは怪談会を催すことになるのである。ひとりずつが、自分の体験した怪談や不思議な話を披露する。それを採録したのが『青蛙堂鬼談』全一二話という趣向になっているのであった。

出席者たちは、必ずしも互いに面識があるわけではない。ただし礼儀をわきまえた人たちである。彼らが集まり静かな口調で順番に怪談を披露していくその適度な緊張と好奇心とに満たされた空間の充実した雰囲気に、わたしは以前から強く憧れていたのである。出来うるならば、自分もその中に紛れ込みたい。自分に順番が回ってきて、わたしは茶で喉を湿らせてからひと膝前に進み出て、「では、……」と取っておきの怪談を語ろうとする（そして語りに入る直前に場面は終了する）。その、およそ三〇秒にわたる心地よい場面を「わたしのための浄土」として封印し、わたしは永遠に青蛙堂鬼談のメンバーとしてひと膝前に進み出る動作を繰り返し続けるのである。これが幸せでなければ何であるのか。

マイ浄土である《青蛙堂》は、こうして書き綴っているだけで素敵なものに思えてくる。そして僅か三〇秒だけれども時間経過がある以上はひとつの物語に他なるまい。それはこれから物語を語ろうとする場面の物語であり、肝心の怪談がいまだ語られていないからこそ胸のときめく状況なのであった。

ここでメタ物語とかの小難しい話をしたいのではない。物語られないからこそ永遠のリピートに耐えられる物語というものの存在を、自分なりに切実な文脈で考えていたことに、我ながら意外な感を抱いたという次第を述べておきたかったのである。

幸福というテーマについて本を書いたことがあって、その際に思いついたのは、「幸福は断片でこそ意味を持つ」という箴言（しんげん）めいた言葉なのであった。

おそらく、大き過ぎる幸福や多過ぎる幸福は、人を戸惑わせ感覚を麻痺させる。あるいはその反動としての不幸や代償を想像させて、かえって穏やかならざる気持ちへと駆り立てかねない。そこそこの幸福、断片としての幸福でなければ人は安心して幸福を享受し味わうことは出来ない。ささやかな幸福と時折り出会い、それらを点綴して大いなる幸福へ思いを馳せることこそが、健全かつ安全な喜びなのではないか。少なくともわたしは、競馬で前代未聞の大穴を当てることよりは、日常生活でちょっとした発見をしたり親切にされて嬉しく思ったりする機会が重なり、そのような経験から帰納して世間の成り立ちや善意みたいなものを体感するほうが、よほど嬉しい。

こういった発想があるから、手に汗握るストーリーよりも身辺雑記みたいな私小説を好むのかもしれない。が、それはそれとして、「幸福は断片でこそ意味を持つ」という考え方は、大きな物語をそっくりそのままよりもいまだ語られていない物語を想像することのほうに価値を置く考え方であろう。それはさきほどの《青蛙堂》にどこかでつながっていないか。

物語そのものを人は求めるとは限らない。物語の予感にこそ、尽きぬ魅力を覚えることがある。

効用から見て、物語は三種類くらいに分かれるのだろう。そのように昔から漠然と思っていた。①腑に落ちるための物語、②意外性を求めての物語、③逃避としての物語。

まずは①である。人はいつでも理由を知りたがり説明を求めたがる。そうでなければ不安でいられない。世の中の無秩序ぶりに、精神的に耐えられなくなってしまう。ものごとを理解するための便利至極な仕掛けがあるとするなら、人はかなり大きな対価であっても平気で支払ってしまう。

たとえば劣等感といったものはどうであろう。劣等感によって人は鬱屈する。悩みや恨みや悲しみを抱え込む。まさに苦しみの胚珠であろう。だがそのいっぽう、劣等感は便利至極な説明装置としても機能する。挫折や失敗や不条理なシーンにおいて、「案の定」「所詮」「やっぱり」といった具合にちゃんと理由を与えてくれる（いじけたニュアンスと自己否定を伴いがちなのが問題だが）。往々にして劣等感という物語は「腑に落ちる」のである。だからこそ、古今東西を問わず人は劣等感に苦しみつつもそれを手放そうとしない。

トラウマとか因果応報といった物語も似たり寄ったりであろう。故事来歴や由来譚、経緯や事情、ちょっとした理屈や論理も同じ範疇なのだろう。

では②はどうか。びっくりする話、驚異に満ちた話、意表を突いた話に人は惹かれる。そのことによって世界は広がりを獲得し、硬直した日常が活性化される。飛躍的に世界の意味や価値が変貌する可能性すら秘めている。それはスリルや奇跡に立ち会う際の「ときめき」に通じているだろう。

誰もが常に意外性に満ちた物語を求めているとは限らない。予定調和の物語や毎度お馴染みの物語が愛されるのは、そこに安心感と心地良さがあるからで、すなわち殺伐とした世の中からの逃避が叶うからだろう。③は安堵に満ち、親しみやすく、ときには懐かしさに溢れ、たとえ波乱万丈があろうとも聞き手ないし読み手が暗澹とした気持に陥ることはない。基本的にハッピーエンドを押さえておけば②と重複する物語もあり得るはずで、出来の良い大衆小説などはおおむねそうした条件を満たしている。

推理小説は①②③をすべて満たすのがベストかもしれないし、いわゆる文学的な作品とは、意外性を問題提起とか重い手応えといったものに置き換えたものなのかもしれない。

ところでわたしは職業柄、精神を病んだ人たちと接することを仕事にしている。妄想を持った人々と出会うことは多いのである。なぜ彼らは妄想を持つに至るのか。

まずは病的な不安感とか違和感といったものに彼らは囚われるらしい。それは未曽有の強烈かつ持続的な体験で、適切にその心的状態を語る言葉など見つけ出せるものではないようなのである。だがこの異様な感情を何とか一網打尽に語り尽くすことは出来ないのか（じっと黙したまま独りで耐えることなど、到底無理なのだ）。そんなときに、健常者からすればチープかつキッチュとしか思えない物語を援用することが有効なことに彼らは気付く。それは陰謀史観や都市伝説に近似したストーリーで、スパイ組織やＣＩＡやフリーメーソンと言ったものが暗躍し、監視されたり盗聴されたり秘密が筒抜けになったり電波で攻撃されるといった構造の物語である。あまりにも安直かつ荒唐無稽に思えてしまうが、それはそれでなるほど彼らの内面を説明してみると辻褄は合う。腑に落ちる。

すなわち妄想とは、病的な感情の由来を腑に落ちるように説明するために召喚されたレディーメイドの物語ということになる。見ようによっては馬鹿げているし、常識から逸脱している。だが別な見方をすれば、まさに心を鎮めるための痛切な物語なのであり、そうした二面性があるからこそ妄想には特有の肌触りが感知されるのである。精神病における妄想こそが、切実度ではトップクラスの物語ということになるだろう。

エルンスト・ユンガーの『小さな狩――ある昆虫記』という長篇エッセイ（山本尤訳、人文書院、一九八二年）を読んでいたら、南極（ないしは北極）探検に関するこんな文章に出会った。

> 極地探検は、神学上の極論を度外視すれば、人間が行ってきた行為のうちでも最も不条理なものの一つである。実際上の価値は何もなかったが、その象徴的な力は法外なものであった。やがて氷の闇の中で、手の届かぬ星をねじ伏せようとする人々の前哨基地は寂れていった。しかしこれもまた　つの象徴である。

たしかに南極点や北極点に辿り着いたからといって、そこに財宝や資源が埋まっているわけではない。実利的な意味には乏しい。けれども極点に達しそこに足跡を残すということで、球体としての地球、惑星としての地球、自転する回転体としての地球の姿がありありと立ち現れることになる。イメージにおいては強烈きわまりない。

不条理そのものの行為としての極地探検もまた、ひとつの物語である。幾多の命を犠牲にしたまぎれもなく奇妙な物語である。そしてユンガーによる記述を読みながら、わたしにはある小説のことが頭に浮かんだ。

それはナサニエル・ホーソーンの短篇『ウェイクフィールド』である。

ウェイクフィールド氏はある日外出したまま自宅に戻らず隣町で二〇年間をひっそりと孤独に過ごし、しかし風の強い秋の晩に、まるで何事もなかったかのように自宅へ戻り、そのまま理由を語ることもなく再び妻と平穏に暮らして生涯を終えたというただそれだけの話である。異様きわまりない物語なのに全くドラマチックな場面のないないところが、人の心の得体の知れなさを焙り出してくる小品なのであった。

おそらく『ウェイクフィールド』は奇形な物語である。目と鼻の先へ「失踪」した彼の動機も心の動きもはっきりと語られることはなく、二〇年間という時間の重みはいとも「あっけらかん」と扱われる。その不条理さ、無意味さにおいては死屍累々の極地探検の馬鹿馬鹿しさと通底しているのではないか。おかしな具合に空虚さを内包している点では、きわめて構造が似通っているのではないか。人生の後半における二〇年間を宙ぶらりんの非現実的なものにしてしまって悔いるところのない精神のあり方は、不毛な南極探検で遭難した挙句に死を黙って受け入れる精神と近似していないか。

何人もの作家たちがこの小説に触発されている。ポール・オースター然り、アルゼンチンのエドゥアルド・ベルティ然り。ベルティは妻の視点から物語を語り直した『ウェイクフィールドの妻』という中篇を書いており、我が国ではホーソーンの原典との抱き合わせの一冊として刊行されている（柴田元幸・青木健史訳、新潮社、二〇〇四年）。やはりこの暗い無意味さは人の心を鷲掴みにするのである。

あの浄土にまつわる《青蛙堂》は物語以前の物語であり、『ウェイクフィールド』は南極探検と同様に空虚を孕んだ無意味な物語である。それらが、先ほどわたしが小賢しく分類してみせた三つの物語パターンよりも激しく心を揺り動かす。奇形な物語が、心につきまとう。

わたしにとってすべての物語は、浄土と南極とのあいだに位置するのである。

「浄土と南極」（『WALK』二〇〇八年一二月号）

II

自己愛の断章

趣味を記入せよといった欄があると、無視をするか、さもなければ無難に読書などと記しておくことが多い。だが本当の趣味は人間観察である。

いかにも突飛であったり奇矯な人物は当然のことながら、ほんの少しだけ妙な具合に偏っていたり、隠しきれない何かがじわじわと滲み出てくるような人のほうが味わい深い。さりげなく距離を置いて観察し、だから何かの役に立てるというわけではないし、価値判断をするわけでもない。いちいち記録を付けておくわけでもない。なかなかの人を見たなあと思い返すと、それが食前酒の役を果たして夕食が美味しくなるだけである。

観察をするには、ポイントというか勘所が必要になる。漫然と眺めているだけでは充実感に欠ける。ではどこに注意を向けているのか。今まではきちんと言語化して考えてみたことがなかったのだけれども、『自己愛な人たち』（講談社現代新書、二〇一二年）を書きながら、自分は自己愛を重要なポイントとして人間を眺めていたことに気付いたのだった。

重心としての自己愛

言い方を変えるなら、人にはそれぞれ重心があって微妙にバランスを保っている。重心は、ただその一点だけで存在を支えられる。その精神的な重心に相当するのがすなわち自己愛ではないのかと思い当たったのである。

どんな物体であれ、「おおむね真ん中のあたり」に重心は位置するのが普通だろう。模型飛行機だったら、主翼の縦断面を三等分して前方三分の一あたりに重心がこないと上手く飛ばない。失速したり、宙返りをしそうになって墜落してしまったりする。重心の調整が飛行機を飛ばすコツである。

人間もまた、重心がおかしなところに位置していると他人を困惑させる。世渡りに支障をきたしたり、常識が通用しなくなったりする。

わざわざ自己愛と呼ばなくても、その人にとっての美学とかプライド、自分らしさ、矜持、ときには反語的にもっとも恥ずかしいところ――そういったものが重心となるだろう。そんなものはすぐに分かりそうでいて、実はそう簡単にはいかない。

自分から自慢したり自画自賛する何かがあったとして、ならばそこが自己愛のパワースポットかといえば必ずしもそうではない。本人にとってはそれが「おどける」ことや笑いを取ることに相当し、早い話が対人関係におけるサービスのつもりといったこともある。あるいは陽動作戦として。本当の自分はそんなものじゃない。そう思うことでやっと自分の存在を実感したり、あるいはそのような「秘密」を持つことで優越感を覚えたり世間を冷静に眺める支えとしたり、まったく人間は一筋縄ではいかない。

自己愛は秘密という言葉とセットになりやすいのである。おしなべて自己愛は秘めておくべき性質のものだろう。隠す必要なんかないけれど、剝き出しにするのは「はしたない」。だからこそこちらとしては他人の自己愛が気に掛かる。気にしていると、自己愛は「いかがわしい」もののように感じられてくる。するとなおさら下賤な好奇心が掻き立てられる。

自己愛について本を書くのには、予想以上に手こずったのであった。たんにナルシストを揶揄したり、自己中心的で尊大な人物を批判したり、鈍感な自己肯定ぶりを嫌悪してみせるだけではテレビのバラエティー番組と大差がない。重心となり得るからには、もっと切実な意味合いが込められているはずである。

人が生きることに意味があったとしたら、それは自己愛を満足させることと同じなのか。他人を愛したり助けることが自分のことよりも重要だという人はいるだろう。が、そうした人も心の底をもう少し掘り下げてみれば、間接的に自己愛を満足させるための営みでしかないと言うことができるかもしれない。二重底、三重底といったものを想定してみれば、あらゆる事象は自己愛に結びつけてしまえる。

本人が大切に思っていることが、いわば錯覚でしかないことは珍しくない。ほんの些細なことで人はそれにのめり込み、結果として家族や友や地位や名誉や金銭や健康を失ってしまうことがある。アルコールとかドラッグとかギャンブルなどである。彼らを見ていると、自己愛が非常に強いにもかかわらず拘泥する対象が明らかに的外れなのである。まったく見当外れな位置を重心と見定め、バランスが取れないからと大切なところを切り捨てたり、おかしなところに重しを乗せているような印象を拭えない。

自己愛の強い人間が目立ちたがり屋の「でしゃばり」であったら、単純明快である。なるほどそのような人はいるが、意外なほど少ない。自己愛が強いからこそ、失敗したり馬鹿にされたり自尊心が傷つくことを恐れ、結果として引っ込み思案の目立たぬ人物として振る舞うことのほうがむしろ多い。隠れナルシストとでも呼べばよいのだろうか。そのようにびくびくしながらも不本意で鬱屈した人生を送れば、嫉妬や世間そのものへの恨みが鬱積していっても不思議ではない。引きこもりや、匿名のままネット上で憎悪を吐き散らす人たちには、そうしたメカニズムが関与している確率は高い。パーソナリティー障害や神経症、さらには「新型うつ病」レベルの精神病理にも、同じものを容易に見て取ることができるだろう。

逆説めいた態度が多すぎるのである、自己愛に関しては。

さあ写真を撮りますよとレンズを向けられた場合、ある人は自然な笑みを浮かべつつ控え目にポーズを取るかもしれない。いっぽうわたしだったら、表情は緊張して引きつり、姿勢はぎこちなく、せいぜい「ダイアン・アーバスみたいに撮らないでくれよ」などとつまらぬ冗談を言ってみせるのが関の山だろう。この場合、さりげなくポーズを決めてみせる人物よりも、おそらくわたしのほうが自己愛が強い。そんなことは自分でも承知しているが、満足のいく写真ができ上がる可能性は万に一つもないから、うろたえるのである。もっと現実を受け入れるべきなのは分かっているが、そうもいかない。しかも、そのような齟齬を抱え込んでいるおかげで、本を書くようなエネルギーが生じたり、診察室では患者の理解や共感に役立っているのではないかなどと思っているので、いよいよ身動きがままならないのである。わたしの重心は痛点とも一致している。

今回の本は順調に書き進められるつもりが、中断期間が生じてしまったのであった。展開をコントロールすることに難儀したこともあるが、自分自身との距離の置き方が難しく、心理的な抵抗が生じたからに違いない。やっと書き終えた今、わたしの重心はほんの僅かだけ位置が移動した気がしないでもない。

「重心としての自己愛」(『本』二〇一七年七月号)

いざこざと人生

意味の上で「いざこざ」に近い言葉としては、たとえば「諍い」「揉め事」「小競り合い」といったあたりが挙げられるのではないだろうか。

全体としてスケールは小さい。局地戦だ。いじましくて、他者の目にはつきにくいところでこそこそと争っている。でもそのぶん、感情が剥き出しになっている。理性や理屈ではどうにもならない側面においてぶつかり合っている気配がある。周囲には「いざこざ」が生じていることを気取られないように配慮しつつも、相手の気持ちを汲み取ろうとは決してしない。いや、相手の内面を理解しようとする姿勢よりも、嫌悪感や不快感や怒りだけが暴走している。

ときには、「いざこざ」は場外乱闘に近い経過をとる。なりふり構わぬ攻撃を厭わない。相手に関する悪い噂を流したり、仲間と結託したり、相手を孤立させたり、いつしか嫌がらせのみが目的となってしまったりと、始末に負えなくなる。つまり着地点が見えなくなる。おまけに陰湿さとか卑怯とか、そうしたニュアンスが濃くなっていく傾向がある。

読者によって「いざこざ」に対するイメージはさまざまであろう。感情と感情とのぶつかり合い、意地と意地とのぶつかり合い、存在と存在とのぶつかり合いと要約してしまえるかもしれないが、それが未熟な精神構造に由来しがちなことは重要かもしれない。

現在はどうなのか知らないが、わたしが小学生の頃には、教室の机は児童二人が並んで腰掛ける構造になっていた。しかも原則は男女で座る。つまり男子児童と女子児童がペアで座る横長の机だったのである。

子どもは異性に対して過剰に意識をする。表面的には仲が悪い。それなのに、無理やりに一緒に座らせられる。すると、互いにしょっちゅう「いざこざ」を起こす（思い返してみれば、いざこざのうちでも陰湿さを欠くぶん無邪気な部類であったが）。その代表的なものが、境界線争いであった。

机の半分は男子児童、半分は女子児童の領分となる。しかし机の中央に境界線が記されているわけではない。いわば「見えない境界線」から肘が突き出てこちらの領域に侵入しているみたいなクレームをいつも言い合っていた。どうでもよさそうな話だけれど、さながら敵国が国境線を破って攻め込んできたみたいな騒ぎになる。

うっかり置いた消しゴムが、「見えない境界線」に跨って（またが）いたりすると、ナイフ（鉛筆を削ったり紙を切るために、ボンナイフという商品名のちゃちなナイフが児童の筆箱の常備品であった）で侵入した部分を切り取って「拿捕（だほ）」してしまう。まあそんな攻撃的なことをするのは男の子に多かったが、机上の境界線をめぐっての「いざこざ」がいつも教室のどこかで繰り返されていた。中にはマジックインキで境界線を引こうとする大胆な者もいた。が、真ん中の部分の測定そのものに異議が出たりして、ますます紛糾していったのだった。

あの境界線争いは、異性が気になるがゆえに大げさに騒いでいただけで、つまり「じゃれ合い」に近かったような気がする。が、そういった要素を孕みつつも、それとはまるで無関係な日頃の鬱憤や不満を境界線争いに託していた気もする。そうなると、この諍いは子どもなりにストレス解消へ寄与するひとつの「装置」であると見做してもよいのかもしれない。

そう、江戸の仇を長崎で討つ、の長崎に相当するのが「いざこざ」ではないかと思えるのだ。子どもだって悩みや不満や不安は抱えているわけで、しかし彼らはそういった曖昧なものを言葉でとらえ、分析したり別な視点で眺め直すといったスキルを身につけていない（いや、大人だってそんなことは不得意な者のほうが多いだろう）。そうなると、彼らには行動化しかない。騒いだり暴れたり困らせたり唐突な振る舞いに及んだり——そういった形で心の軋轢を軽減させようとする。でも、できることならそうした行動化に、なるべく必然性を持たせたい。

となれば、「いざこざ」はまさに絶好のハプニングとなる。「いざこざ」に事寄せて気持ちを楽にしようとする。だから「いざこざ」の端緒は取るに足らないことが殆どだし、周囲から見ればどうしてこんな些細なことに拘泥し感情的になるのかと首を傾げたくなる。そうした事実を言い換えてみるなら、「人生が順調で思い通りになっている奴は、いざこざなんか起こさない」という当たり前の話になる。

妥当か否かはともかく、「いざこざ」には子どもは子どもとしての、大人は大人としての人生(というよりも人生のつらさ)が濃厚に反映されている。メカニズムとしては、神経症に近いかもしれない。

神経症(ノイローゼ)を、自分自身との「いざこざ」と考えることが可能ではないだろうか。たとえば、対人関係や営業成績不振から会社へ行きたくないと思っているサラリーマンがいたとしよう。出社は苦痛そのものである。でも行かなければ馘首されかねないし、自分でも責任は感じている。会社へ行きたくないけど、行かないなんて言語道断だ。そのとき当人の心の中では「行かねばならないと思う自分」と「行きたくない自分」とがいざこざを起こしている。しかも、その「いざこざ」に、普段から感じている不平不満や不安を託すものだから、余計にいざこざは紛糾する。それが結果としてさまざまな症状として発現するのが神経症ということになるだろう。子どもたちの「いざこざ」は、大人の神経症の雛形とも言えよう。

さらに述べるならば、神経症は「こじれ」やすいのである。神経症はつらいけれども、いつしか神経症を病んでいる状態がアイデンティティーになってしまうことがある。心の病という非日常に逃げ込むことのほうが楽であると感じ、しかも周囲に対するある種の当てつけとしても作用する。

同じように、「いざこざ」も癖になりやすい。いざこざをあまり起こさない子がいるいっぽう、あたかも「いざこざ」に生きているような子もいる。人間はろくでもないものに執着しがちなのである。

小学六年生のときの「いざこざ」を思い出したので、以下に書いてみたい。

昨今では美術とでも呼ばれているのだろうか。当時は図工と称する授業があった。絵を描いたり鑑賞したり、工作や工芸などを行う実技科目である。

その日は、初夏の快晴であった。風も穏やかで、緑が目に染みる。図工の課題は、校庭に出て好きな対象を水彩絵の具で描けというものであった。風景を描こうと、草花を描こうと、校舎を描こうと本人の自由——そんな素敵な課題である。

こうした場合、グループをつくったり仲間と「つるむ」ことを好む児童と、独りで黙々とマイペースに課題をこなそうとする二つのタイプに分かれるようである。当方は後者で、そうした性癖は五〇年経っても変わらない。

小学生のわたしは、朝礼台を描くことにしたのだった。校庭の隅に鉄骨と板で組み立てられた高さ七〇センチくらいの昇降段付きの台が置かれていて、朝礼だとか全校集会、運動会などでは校長先生や教頭先生、あるいは特別に指名された者がそこに立って訓辞をしたり喋ったり号令を下す。ラジオ体操のときには、リーダーはこの上で体操をしてみせたのであった。

この朝礼台を航空母艦に見立てて、わたしはここから手作りの模型飛行機（ゴム動力の、ライトプレーンと呼ばれていた）を離陸させて遊んでいたこともあり、その馴染みゆえに絵のテーマに選んだのである。もちろんそこには自分なりの「ひねくれた」気持ちも潜んでいた。多くの児童たちが夏の始まりの風景や植物を美しく描こうとしていたのは承知のうえで、あえてわたしは朝礼台なんて無粋な対象を選んだのだった。誰も見向きもしない無骨な構造物は、当時目覚めかけていた自我だの二次性徴だのの先駆けとして何か重要な意味を潜ませているように思えた。誰も見向きをしないからこそ、自分にとっては価値がある――そんな気持ちが働いたのだった。

丸太を半分に割って作ったベンチが近くにあったのでそこに座り、画板の上に画用紙を広げ、2Bの鉛筆で画面いっぱいに朝礼台を描いた。いかにもメカニカルな感じに描いた。こうして下書きが終わると、次に絵の具で色を付けていくことになる。わたしは絵が得意なほうで、かなり要領よく手順を進めていた。

児童たちの絵の具セットは学校で一括購入したものである。一二色セットで、いまひとつ色が冴えない。わたしは画材店に行けばもっと彩度の高い中間色が売られていることを知っており、実際に、親に頼んで手に入れていた。コバルトブルーやエメラルドグリーン、ルビーレッドなどはセットの絵の具を混ぜ合わせても決して作り出せない鮮やかさで、そういった特別な色のチューブを絵の具箱に何本か忍ばせていた。考えようによっては、そういった高価な絵の具を独自に購入して使うのはアンフェアかもしれない。だがわたしとしては、自分の好きな色を自分の絵に用いることのほうが大切だったのである。協調性を欠いた子どもであったといえよう。

いったん教室に戻り、掃除用のバケツを持ち出した。ざっと中を濯ぎ、水道の水を満たして丸太のベンチまで運んだ。このバケツは、筆を洗うためなのである。

学校で購入した絵の具セットには、プラスチック製のちっぽけな筆洗が付属していた。こんなものを使っていては、たちまち水は濁り、結局のところ絵全体が濁った色で彩られてしまうことになるのだ。それが嫌なので、特大の筆洗としてわたしは掃除用のバケツを自分専用に用意したのだった。そんな簡単な工夫もせずに、汚らしい色の絵を描いて平気でいる級友たちの神経が理解できなかった。

絵が完成に近づいてくると、他人の絵が気になってくる児童が少なくない。仲間で連れ立って、学校の敷地に点在している他の児童たちの絵を眺めて回る姿が目立ってくる。上手いだの下手だの、勝手に論評して飽きない野次馬たちはおおむねろくな絵を描けない連中であった。

そうした一団がわたしのところにもやってきた。朝礼台なんかを描いているので一瞬困惑したようだが、（当人が言うのも気恥ずかしいのであるが）ちゃんと「絵」として成立しているのでケチをつけにくかったようであった。女の子も混ざったそのグループは、日頃からわたしに好感を抱いていなかった。そのことはこちらも十分に承知している。高価な絵の具を自分だけ用意して「あざとい」絵を描いているようなわたしを不快に思っていたのだろう。もちろん他にも、不快に感じる言動がわたしには山ほどあったはずだ。

彼らは、バケツに目を向けた。やっと揚げ足を取る材料を見つけたかのような顔つきをした。そして、学校の備品を個人的な目的に利用するのはよろしくないと言い出した。絵の具でバケツを汚したら、掃除に使うのだから床や柱に絵の具が移ってしまうかもしれない、などと言いがかりをつける。得意げな表情で、マナー違反者を弾劾するかのように言い募る。

最初は無視していたが、執拗なので腹が立った。君たちはバケツを利用するのを思いつかなかったので、悔しいだけだろ、うるせえからあっちに行けよと言い放ってやった。すると「それはないだろ」とか「悔しがってなんかいないよ」などと、ますます口やかましい。わたしは再び彼らを無視して絵を描き上げ、それから無言のままバケツの水を地面にぶちまけた。彼らの足下ぎりぎりまで、黒い染みが広がった。

彼らは先生に言いつけたりはしなかった。その代わり、このエピソード以降、わたしへ事あるごとに意地悪をするようになった。悪口もそっと流す。当方は無視を続けたし、体育以外は彼らに劣る学科は何もなかったので平気だった。それでもこんな「いざこざ」が延々と続いていることに閉口していた。早く卒業したい、そうすればこんなセコい奴らと縁を切れるのに、ともどかしく思った。なにしろ季節はまだ夏休みすら迎えていなかったのだから。

以上が、バケツ事件のあらましである。この「いざこざ」は、元をたどればおそらくわたしの「鼻持ちならない」態度に根ざしているだろう。そのことは十分に自覚している。しかしわたしも意味なくそんな嫌味な児童であったわけではない。当時のわたしは、とにかく他人とは違っていなければならない、ひと味違ったことをしなければならないといった気持ちに駆り立てられていた。もしかすると、やがて訪れる「中二病」の初期症状だったのかもしれない。自分なりには切実であり、だがその切実さは思い上がりを指向するものでしかなかった。そのために、なおさら無愛想で内向的になっていった。

あのとき、「いざこざ」は自分自身を鼓舞するための太鼓の響きみたいなものだった気がする。今になって振り返れば愚かしい限りだが、自分自身の歴史として捉えてみるなら、ああいった「いざこざ」は通過儀礼に近いものだったようにすら思えたりするのである。

ところで、わたしは子どもと大人とを隔てる要素として、①苦笑する能力、②自己嫌悪し続ける能力。――以上の二つが挙げられるのではないかと思っている。

まず①だが、苦笑を浮かべるには自分自身を含めて事態を客観的に眺めることができなければならない。しかも、ある種の諦観や達観が必要で、それは大人でなくては無理だろう。

次に②はどうか。子どもでも、自己嫌悪に陥ることはありそうだ。だが、そのような感情はすぐに扱いあぐねてしまう。結果として、それを不可解な（本人にも説明の困難な）問題行動に結実させてしまうだろう。私見では、子どもたちが引き起こすわけのわからぬ問題行動（自傷行為や突然の暴力、非行の類）には、無自覚な自己嫌悪に基づくものが少なくないように思える。そしてここでわたしが述べたいのは、大人の場合には、往々にして自己嫌悪と戯れたり延々と耽溺しかねないケースが少なくないという事実なのである。

自己嫌悪は、不快であると同時に、さきほどの神経症の話のように「癖になる」側面がある。精神科の臨床場面では自己嫌悪に苦しむ成人をしばしば見掛けるが、彼らは苦しむと同時に、自己嫌悪によってやっと自分を肯定しているかのような屈折した、あるいはマゾヒスティックな心情を垣間見せる。そうなると、もはや自己嫌悪は苦痛なのか生きるためのツールなのか判然としなくなってくる。そのように、大人であることの切なさには、思わず知らずのうちに自己嫌悪を「し続け」てしまう悲しみが潜在している。

果たして苦笑や自己嫌悪が人間にとって必要なのか否かは分からない。そんなものと無縁な人生が最良なのかもしれない。だが大人としての奥行きや深みをもたらす要素であることは間違いあるまい。しかもそれらを熟成させるには、おそらく、子どもの頃から「いざこざ」といったろくでもない経験を積む必要があるのだ。

実に厄介なものだとため息を吐きたくなる。まさに苦笑したくなるような話ではないか。

「いざこざと人生」(『児童心理』二〇一五年一月号)

「パターン」という武器

クレーマーへの対応について講義してくれ、という依頼がやたらと多い。病院であったりヘルパーやケアマネや保健師さんの集まりであったり、時には医師会であったり、とにかくさまざまな人たちや団体から依頼を受ける。いかに世間にはクレーマーが多く、またいかに皆がクレーマーに悩まされているかを痛感させられる。

基本的にパーソナリティー障害に関する知識と対応法について語ることになる。話を進めていくと、誰もが思い当たるようなエピソードが披露されることになるので、大概の人たちは頷きながら真剣に耳を傾けてくれる。そして最後に質疑応答の時間を設けるわけだが、しばしば発せられる質問がある。

「クレーマーのあの毒々しさには、どんなに冷静になろうとしてもやはり心が傷つけられてしまいます。先生は、よく平静を保てられますね。平静を保つ、あるいは心が折れないための心構えをぜひとも教えてください」といったものである。この質問が発せられると、会場にいた多くの聴衆が賛同の表情を浮かべる。わたしがよほど鈍感か、さもなければ何か信念のようなものをもっているのではないかと考えているらしい。

殊にベテランとか古株に相当する人で、クレーマーを妙に上手く扱える（あるいは〝いなす〟）人が、病院や事業所には必ず一人くらいいるものである。年の功といえばそれまでだが、対応する姿を観察していてもことさら上手いテクニックを駆使しているようには見えない。ひょっとしたら人徳ゆえだろうかなどと思ったりしてみるものの、それが何を意味するのかがよくわからない。うろたえたり慌てたりせず、落ち着いて対応しているのは確かだけれど、では表面的にでも「どっしり」と構えればそれだけで乗り切れるのだろうか。

ベテランであるということ、すなわち経験を積むというのはどのようなことなのだろうか。経験さえ積めば人は賢くなるわけではない。頭の中がたんに経験のゴミ屋敷状態の人なんていくらでもいる。経験の積み重ねから一般論を抽出するのが重要なのかもしれないが、下手をすると思い込みや独断がますます強化されただけになるかもしれない。客観性の欠落に対して「人間だもの」と呟いてみても、そんな自己正当化に意味はない。

大切なのは、パターン化という手続きではないだろうか。ベテランは、実用性に富むパターンをしっかりと作り上げ、頭に刻み込んでいるのである。

医療において、わたしたちは個別性とパターンこの二つを必要に応じて使い分けている。たとえば夜中に急性虫垂炎で担ぎ込まれてきた患者がいたとしよう。すぐに診察、見立てが行われるはずである。本人へ問診がなされ、家族から状況を聴き取る。どのように痛みが発生し経過したのか、どんな種類の痛みなのか。痛み以外の症状は何か。既往歴はどうか。

同時に視診や触診、聴診、検温、血圧測定、採血、必要に応じて超音波検査が行われ、X線やCTも撮られるだろう。そうした手続きを通じて急性虫垂炎の可能性が浮上してくる。右下腹部痛、下痢の有無、ブルンベルグ徴候、マックバーニー点の圧痛などは診断上きわめて重要だし、白血球数やCRPが緊急手術の適応を決めてくれるだろう。

こうしたプロセスは、いわばマニュアル的に行われる。クールにドライに淡々と、しかもほぼオートマチックに進められる。将来的にはAIに取って代わられるであろうプロセスでもある。しかしこれだけで医療が必要十分というわけではない。

患者さんにはさまざまな人がいる。ちなみにわたしは急性虫垂炎の手術を受けたことがないが、もし自分がこの疾患で受診したらどうだろうか。小心者のわたしだから、不安と痛みで問診どころではない。親切なナースが手でも握ってくれて気休めの言葉でも囁いてくれないと、診察がスタートしないだろう。当直医があまりにも身も蓋もない言い方をしたりすれば、パニックになるかもしれない。少なくとも手術承諾書にサインをするどころではなくなってしまうかもしれない。

そんな具合に、患者の個性や事情に合わせて適切な対応をしないと、治療はスムーズには進まない。良好な関係性も成立しない。

クールでドライでマニュアル的な対応は、つまり患者と「診察・診断において、パターンに則って向き合う」という態度である。一方、患者それぞれに合わせて人間味たっぷりに向き合うのは「個別性の尊重」ということになる。「パターン」と「個別性」、この二つをバランス良く保ってこそ良い医療が可能となる。前者だけでは冷たい医療となりがちだし、いくら優しく患者さんの手を握ってあげていても、それだけでは腹膜炎で死んでしまうかもしれない。

慣れていない人がクレーマーに遭遇してしまうと、どうなるか。その毒々しさ、激しさ、えげつなさ、執拗さに圧倒されてしまう。混乱し、知恵が働かなくなってしまう。相手の不満や要求に（今すぐに）どう対処すべきかで頭がいっぱいになってしまう。もしも「土下座をしろ！」と言われたら、土下座をするかしないか、その二者択一しか思考が機能しなくなってしまう。実に苦しいし不快であろう。まさに相手の思う壺である。※

ところがベテランは、距離を置いて相手を眺めることができる。そもそも前代未聞のクレーマーなんてまずいない。似たり寄ったりである。なるほど凄い勢いで息巻いているけれど、考えてみれば去年の六月に窓口で揉めたSさんも、一一月にトラブルを起こしたNさんも基本的には変わらないではないか。そんなふうに記憶をたどってみれば、「ありがちな人」という話になってくる。SさんやNさんの騒ぎはどんな顚末を迎えたのか。それを思い返せば、目の前の人も「ありがちな人」「ありがちなパターンを具現している人」ということになる。そうなれば、腹を据えて焦らずに向き合うことが可能となる。もしかすると、こういったタイプの人(クレーマー)にはどうやっても上手くいかないということを思い出すことになるかもしれない。ならば、自分がスマートにやれなくても気落ちする必要はないし恥でもない。そんなふうに割り切ることができると、自然にこちらの態度には自信が出てくる。そうした自信は、相手の勢いや傲慢さを阻止するべく作用する。

本来的に、わたしたちは他人(ことに初対面の人)と接する時には「パターンで見る/個別性を重んじる」――この二つを巧みに使い分けている。このような服装をしてこのような態度で喋る人は、おそらくこのような発想をするんだろうな、などと予測するだろう。それがパターンで見るということである(だからそれは先入観や偏見につながりかねない危険もある)。他方、もちろん相手の個別性をきめ細かく尊重しなければ距離を縮めることが叶わないであろう。

そしてクレーマーの場合には、あえてパターンのみに重心を置くのがコツとなる。生々しい人間とは見ず、パターンとして眺める。すると相手の勢いや毒々しさに引きずられなくなる。わたしがクレーマーの前で平静でいられるのはそれが理由となるわけである。

なお付け加えておくと、よほど意識していない限り、自分は今、「パターン」と「個別性」

どちらのモードに傾いているのか気が付かない。そのために不適切な振る舞いをしてしまいかねない（たとえば相手に無闇に腹を立てたり、相手が言い放った嫌味に本気で悩んだり……）。しかも、もともと「パターン」と「個別性」のどちらに傾きがちかには大きな個人差がある。したがって自分の傾向を把握すると同時に、自分が現在いずれのモードに傾いているのかを自覚する癖を付けるべきだろう。これが上手くできるようになると、援助者として「ひと皮向ける」ようになるのは間違いない。

パターンで見る・把握する・向き合うといった姿勢に関して、なるほどと感心した話をここに記しておきたい。ある雑誌に載っていた対談で、文芸評論家の坪内祐三氏が語っていた出来事である。

非常に傲慢で無礼な編集者がいたらしい。その人物（Aとしておこう）が、左遷されて意気消沈していた。多くの人たちはAを嫌っていたからザマアミロくらいにしか思わない。でもあんまり惨めそうだったので、坪内氏は酒を奢ってあげた。Aは大変に感謝して、この恩は忘れませんと口にした。

やがてAは、左遷されていたのが許され運良くもとのポストに戻った。するとAはたちまち以前の傲慢で無礼な性格を露にするようになった。たまたま坪内氏とパーティーで出会ったが、左遷されていた時のことで礼を言ったり感謝するどころか平然と無視をしたというのである。

普通だったら、坪内氏の立場であったならば「恩知らずな奴だ」「呆れた奴だ」と立腹するだろう。だが氏は、腹なんか立たないという。

「そこでオレは〝そうこなくっちゃ〟と思うんだよ。川に犬が落ちると、皆石をぶつけたりするでしょう。オレは救出に行くんだよね。そのあと元気になった犬が噛みついてきても、〝そうこなくっちゃ〟と思っちゃうね」

これは相当にシビアな態度であろう。相手に腹を立てるのは、どこかに期待を抱いているからである。「そうこなくっちゃ」という言葉の背後には、「案の定、駄目な奴は駄目なんだよなあ。あらためて痛感するよ」と、苦笑まじりの観察眼がある。むしろ面白がってしまうその態度には、相手を切り捨てる冷徹さがあろう。

わたしとしては、このクールさには学ぶべき面があると思う。パターンとして相手を把握し、距離を置き、好奇心をもって眺める。パターン通りに相手が振る舞った場合、その類型的な人間性のありようを、さながら標本を分類するかのように堪能する。

ここに至って「パターン」は一種の武器となり得る。いささかシニカルではあるが、心得ておいてもよい戦略ではないだろうか。
※「土下座をしろ」と迫られる件だが、わたしだったら淡々とした口調でこう応じるだろう。「申し訳

ありませんが、土下座はいたしません。なぜならわたしは土下座が最大級の謝罪の態度とは思っていないからです。単なる形式としか思っていません。それでも無理に土下座をしたら、わたしはあなたに謝るのではなく、むしろ恥をかかされたと激しく恨むでしょう。仕返しすら考えてしまうかもしれません。だから土下座はいたしません」

「「パターン」という武器」(『精神看護』二〇一七年三月号)

自己愛社会の力学

生涯わたしたちは、自己愛に翻弄され続ける。

自己愛の欠如は人を受動的で「みずみずしさ」を欠いた人生へと導くだろう。でも過剰な自己愛とそれに釣り合わぬ実力は、自己愛の激しさの裏返しとして、結局は無気力な人生へと結実するかもしれない。何もしなければ自己愛は傷つかないのだから。いや、そうなると自己愛に乏しい人は、それが傷つく心配がないがために驚くほど大胆なことをしでかすのかもしれない。いやはや、到底一筋縄ではいかない話なのである。

自分優先で他人の都合など顧みない人たち——ある種のクレーマーや、権利の要求ばかりする人たち、無作法で居直った態度を貫こうとする人たち等、呆れるばかりに図々しい振る舞いをする人たちの心性に、歪んだ自己愛を見出すことは容易である。しかし彼らの言動は決してわたしたちと無縁ではない。彼らと同じ要素をわたしたちも持っている。自分を省みる能力の有無だけが、彼らとの違いに過ぎない。

自分らしさ、個性、かけがえのないわたし、といった価値観は大切である。では次のような事例はどう理解するべきだろう。

会社で管理職に昇進すると責任ばかり重くなり、プライベートな時間は減ってしまう。それこそ自分自身を見失ってしまいかねない。だから出世なんか嫌だと考える若い社員が近頃増えているといった報道を目にしたことがあるのだ。その報道には、志を欠いた嘆かわしい風潮であるといったニュアンスが透けて見えていた。

これは自己愛という観点からすればどうであろう。自分のことしか頭になく、あたかも無欲に映るが本当は不遜そのものであり、社会性に乏しい無責任な姿勢であると見做せば、これぞ自己愛社会の住人といったストーリーになろう。

でも出世を第一義とする発想はどうなのか。他人を蹴落としてでも出世しようとする姿は、えげつなく発露された自己愛そのものではないのか。往々にして自己愛は、傲慢さや自惚れそのものと化してしまう。

自己愛がなければ、人は自分自身を支えられない。しかし自己愛はしばしば暴走する。おしなべて自己愛は劇薬に近い。少量では薬として有用だけれども、過剰になれば毒として作用しかねない。にもかかわらず量の調整は難しく、それどころか依存性すらある。

わたし自身の臨床経験に鑑みると、どうやら人の心にはアキレス腱とでも称すべき三つの弱点が存在しているように思われる。それは、プライド・こだわり・被害者意識であり、これらのひとつないし複数に抵触すると、人々は心穏やかではいられなくなる。健常者からパーソナリティー障害、神経症患者や（躁）うつ病患者、統合失調症患者に至るまで、すべてにおいて三つの弱点は共通している。

わたしたちはプライドを傷つけられたり踏みにじられれば、怒りや悔しさで理性を失う。何かにこだわればこだわるほど精神的視野は狭められ、客観性を失い、社会的文脈から逸脱してしまう。だが固執や執着は、それが単純明快な事象であるがために人を惹きつけ、結果的に自縄自縛と化す。被害者意識は自己正当化のもっともイージーな形であり、だから人は被害者意識に苦しみつつもそれを手放したがらない。

三つの弱点に共通しているのは、まさに自己愛である。プライドと自己愛とが不可分に結びついているのは明白だ。こだわりや被害者意識もまた、自己愛を守るための（いささか不健全な）機制といえるだろう。

これら三つを念頭に置けば、厄介な人たちの対応は格段に楽になる。こちらから見れば的外れなりに、彼らの多くは自分が「ないがしろにされた」「軽く見られた」「小馬鹿にされた」と認識（誤認）して憤っている。つまりプライドが傷ついている。ならばまずは相手の腹立ちに共感し（それはあくまでも感情レベルの話であり、相手の言い分を全面的に認めるのとは異なる）、相手の顔を立てるところから話し合いをスタートすべきだろう。こだわっている人たちには、そのこだわりを容認しつつも、もう少し視野を広げてみれば認識が変わってくるかもしれないことをさりげなく示唆してあげればよい。被害者意識に囚われている人も、感情レベルで共感してみせつつ復讐や意趣返し以外の選択肢を一緒に探っていく姿勢を示すうちに激情は鎮静してこよう。

もちろんそうした対応が即座に効果を発揮するとは限らない。だが、右に述べた対応は少なくともそれ以上彼らを怒らせたり興奮させたりしない。ならばそのようなアプローチで時間を稼ぐうちに相手の感情は静まり、こちらの誠実で腹の据わった態度に多少なりとも反応してくるだろう。事態をそれ以上悪くさせないだけでも、十分に有用ではないのだろうか。

プライド・こだわり・被害者意識に、限度を超えて絡め取られている人たちこそが「自己愛社会」を構成する人たちである。彼らは何を求めているのか？ 他者に共感してもらい、顔を立ててもらい、もっと視野を広げてもらいたがっている。つまり承認され、優しく力づけられ、自分の世界を広げるだけの勇気を与えてもらいたがっている。

ならばその欲求への回答は簡単そうに思える。お互いにひたすら認め合い、褒め合い、べたべたとした関係を維持すればよろしいのである。

それはまさに昨今のSNSのありようそのものであろう。いじましい自己表現や自己顕示

（それは最新流行のスイーツを食べに行ったときの写真だったりするわけである）をネットにアップし、それに対して仲間は即座に「いいね」ボタンを押したり歯の浮くような褒め言葉を書き送る。それを延々と繰り返していれば、お互いに支え合えるはずだったのである。だが実際には、承認する側に自分が回ってみれば、心にもない承認を義務的に行っていることを実感する。からくりが分かってしまう。だから自分が承認してもらえた形になっても、それで安心感はもたらされない。せめて質を量に変えて担保しようと「いいね」獲得数に強迫的となり、それが「こだわり」と化したり、もはや事態はなおさら手に負えなくなってしまう。

ＬＩＮＥによる互いを拘束するような関係性もまた、支え合うべき関係性が「こじれた」結果に他ならない。だから、誰もが馬鹿げていると思いつつもそれから離脱することができない。

ここに至って彼らが希求するのは、相手の「真実の心」ということになるだろう。誤魔化しはもう疲れた。茶番はうんざりだ。本当のことを言って欲しい、でもわたしの自己愛は傷つけないで欲しい、といった切実かつ身勝手な願いである。そうした心情が反映して、時代錯誤的な純愛もののドラマや、冗談かと思えるくらいに純粋無垢な人物を主人公に据えた物語が現代に通用したりすることになる。劇薬であった自己愛は、いつしか陳腐なロマンを解毒剤とせざるを得なくなってしまったのである。

ある男性の神経症患者と面接していたら、こんなことを話してくれた。初めて女性と肉体関係を持った、つまり童貞を捨てたときに、「これでやっとオレは人並みになれた」と深く安堵したというのである。欲望を満たした喜びや満足感よりも、他の男性たちと同列になれた事実に安心感を覚えたのだった。結婚についても、似たような感想の生じるケースは案外多いのかもしれない。

流行のファッションに身を包むというのは、すなわち他人と同じ格好を志向する営みである。「これでやっと、わたしはオシャレ人種として人並みになれた」と安堵するための行為に他ならない。ベストセラーを読む心理も近似したものだろうし、世間の動向にはこうした心性が大いに関係している。

他人と同じになることが、精神に安寧をもたらす。つまり、そのことで自己愛は無駄に傷ついたりせずに済む。下手に独自路線を主張しても、よほど自分に自信がない限り自己愛は危険に曝されかねないのだ。

その事実をわたしは恥じたり否定しなくても良いと思うのである。なるほど、オンリー・ワンとしての自分を自覚すべく頑張るのは大切だ。でも本当に個性的でユニークでかけがえのない自分として屹立するには、途方もないタフさと自信と、そしてその裏づけが必要なのだ。誰もが「選ばれし者」になることはできない。その他大勢であるのは、決してみっともない事態ではないはずだ。支持し、応援する側に回るたくさんの人がいてこその世の中なのであり、全員が主役の芝居などあり得ない。

その他大勢といった立場を受け入れつつも、自分なりの人生を大切に誠実に生きることもまた、自己愛を満足させる方法論になり得るのである。

自己愛社会を構成する人たちは、自分を好きであると明快には言い切れない人たちであろう。自己愛の傷つきを恐れる自分にげんなりしているに違いないし、嘘っぱちの承認ごっこに疲弊している。互いに牽制をしているうちに身動きが取れなくなり、それゆえにときおり暴発して自他を貶めてしまう。そんな自分を「好きだ」などと心の底から言えるわけがないではないか。

自己愛社会とは、自己嫌悪に陥った人々が作る社会のことなのである。能天気なナルシストたちが寄り集まった世界ではない。息苦しく、自己主張と他力本願との葛藤に縛られた場所なのだ。

そんな状況を少しでも改善するためには、凡庸であったり当たり前であることが必ずしもマイナスを意味するとは限らないと自覚するべきだろう。自分には何らかの才能があるかもしれないし、自分なりの適性があるだろう。そうした方面には自分らしさを十全に発揮させたいが、すべてにおいてオンリー・ワンの自分を主張できるような者はいない。褒める側、認める側に回ることで得られる喜びをも知るべきだ。

いわば「攻める」形で自己愛を満足させられる場合もあれば、「受ける」形で自己愛を満足させられる場合もある——そのような柔軟性を獲得できたとき、はじめて人は自分が好きになるための条件を手に入れられるのであろう。攻めの自己愛しか知らない者は不幸である。

「自己愛社会に生きる現代人」(『児童心理』二〇一八年四月号)

「志」なき時代のなかで

私立の制服を着た利発そうな小学生（おそらく五年生か六年生）が三名、ぞろぞろと連れ立って電車に乗って来た。下校途中の同級生たちだろう。そのうちの一人が、いかにも億劫そうな声を出した。

「ああ、人生って辛いなあ」

大人たちは、声を発した小学生へ一斉に目を向けた。その年齢でもう人生の辛さを実感しているのかという驚きと同時に、わざと大人にショッキングな言葉を聞かせてやろうといった「背伸びした心」を感知して、いったいどんな子どもがそんな小生意気なことを言っているのだろうと、好奇心に駆られてのことであった。ある種のパフォーマンスとして、「人生は辛い」などとまことしやかなことを口にしたのだろう。いかにもエリートを自認している知能の高い小学生が考えそうなことである。しかし同時に、本音も混ざっていたのではないか。無邪気で無垢で能天気なだけの小学生など、今の世の中では稀であろうし、昔だって似たようなものではなかったのか。

幼稚園児であろうと小学生であろうと中学生であろうと、それなりに人生の辛さを痛感しているはずである。ただし大人から見れば、往々にして取るに足らない苦悩や困難なのだろう。辛さのリアリティーは、当人にしかわからない。

人生の辛さは、避けようがない。どのような心構えでそれを受け止めるか。試練と考える人もいれば、因果応報と見做す人もいるだろう。生を営む上での税金みたいなものと捉える人もいれば、事故や災難と同　視する人もいるかもしれない。心をひたすら鈍感にして耐えるべきものと信じる人もいれば、逃避を企む人もいる。いずれにしても、誰もが辛さから無縁ではいられない。

志と呼ばれるものには、損得を超えた情熱が感じられる。決意とか覚悟に近い手応えが伝わってくる。何かを目指したいと願うこと以上に、何を我慢し何を諦めるべきかといったストイックな姿勢が窺える。志とは、人生を充実させ乗り切っていくために人間が発明したきわめて高度な心の仕組なのだろう。志を持つということは、辛さに満ちた人生を生きていく上で、実に「便利」な方法論に違いないのである。

人生が辛いといっても、それはどのようなことを指すのだろう。具体的なことをいちいち数え挙げていったら、終わりがなくなってしまう。

おそらく、「人生の辛いことリスト」のかなり上位に位置するであろう事柄として、「ものごとにはなかなか結果が出ない。そのために、我々は中途半端な状況や生殺しの状態に置かれやすく、無力感やもどかしさや苛立ちや不全感に苦しめられがちである」といったことがあるのではないか。

しばしば「がんばる」という言葉が発せられる。がんばってさえいれば、不安も不満も生じないかのように、安易に「がんばれ!」が連発される。だが、がんばっていれば何とかなる、報われる、と信じられるほど世の中はシンプルではあるまい。がんばるなんて、そんなこと自体は実はちっとも難しくない。

何もかも、結果がすぐに出れば、人生は気楽で充実したものになるだろう。努力し、工夫し、耐え、その結果がすぐに判明し、しかも「OK」となれば、これは当然のことながら嬉しい。安心できるし、満足感を覚えられる。自己肯定が叶うし、自信がつく。こうしたやり方で今後も精進していけば良いのだと、将来への方向性も定まるし、今後の予定も立てやすくなるだろう。がんばり甲斐も出てこようというものである。

逆に「NO」ないしは駄目であっても、そのことがすぐにわかれば、被害は最小限に食い止められる。どこが間違っていたのか、何がいけなかったのかを、まだ気分が新鮮なうちにチェックできる。反省したり不十分だった点を調べたり、さもなければ助言を仰いだりできる。

場合によってはギブアップが必要ということになるかもしれない。いずれにせよ、すぐに訂正や仕切り直しの必要性がわかれば、これまた貴重な経験として受け取れば良いだけの話である。それをもとに精進していけば良い。

だが現実はどうだろうか。直ちに結果が判明するなんてことは少ない。我々の仕事について考えてみても、そうであろう。自分なりに努力をした、考え抜いた、エネルギーを注ぎ込んだ。けれどもそれが具体的な成果となってすぐに見えてくることはむしろ稀なのである。場合によっては一〇年、二〇年と長い期間を要するだろうし（ことに子育てや教育関係の場合）、結局のところ結果を見届けられないことだって少なくない。あるいは、短期的な結果と長期的な結果とが一致するとは限らない（入社試験にトップで合格することと、出世することとが同一とは限らないように）。

たとえ大人であろうと小学生であろうと、宙ぶらりんの曖昧な状態に置かれたまま、とにかく気力を振り絞って努力しなければならない。もしかすると自分の「がんばり」はまったく無駄なもの、無意味なものかもしれない。きわめて非能率的かもしれない。いや、まるで見当外れのことでしかないのかもしれない。そのような疑念や不安を覚えつつも、経験や助言や予測を手掛かりに邁進するしかない。

よるべないことなのである。これは苦しい。人は、根拠もなしにがんばれない。人生を前向きに、積極的に生きていくためには、だからある種の「見込み」や楽天性や自信が必要である。成功体験があればあるほど、そうした「見込み」や楽天性や自信は蓄積されていくし、失敗や挫折ばかりしていれば忍耐力は失われる。成功した者はますます成功しやすく、敗北した者はますますマイナスのスパイラルへと陥りやすくなる。二極化傾向は、宙ぶらりん状態への耐性で決まってくる。

宙ぶらりんの状態に耐えるためには、どんなことが必要か。今述べたように成功体験は重要である（だから、学校の成績は良いに越したことはないし、せめて得意分野があることが望ましい）。根拠の有無を問わず、とにかく自信や楽天性や能天気さを備えているほうが有利であろう（だから、互いに認め合える友人を持つことが大切となる）。世間に流布する自己啓発本やセミナーの類も、実用的価値のみならず心を支えるためのツールといった役割が期待されているだろう。子どもの場合は、親の愛情が、自己肯定感といった回路を経て耐性を形作っていくだろう。

わたしは仕事柄、精神を病んだ人たちと数多く接しているが、彼らは病気に対する負い目から、困難に対して粘ったり踏みとどまれなくなってしまう傾向にある。病気そのものがもたらすマイナスよりも、自信喪失から「弱り目に祟り目」といったループに落ち込んでしまう弊害のほうが、よほど大きい印象がある。

他人のケースを参考としたり、アドバイスや経験談に耳を傾けたり、知識を身に付けたり、はっきりした結果が出ないまでも微調整を図ったり、気分転換をして事態を普段とは別な角度から眺め直してみたり、占いやお守りや宗教に頼ってみたり、とにかくあらゆる方策を動員して、我々はこの「掴みどころのない日々」を耐え忍んでいかざるを得ないのである。

そして志を持つということは、本人に耐性と一貫性をもたらすという点においてきわめて重要かつ能率的な「作戦」である。志には、純粋かつ迷うことなく理想を目指すといった道徳的なニュアンスが強い。そのことと同時に、志はしっかりと持っていたほうが「人生における諸事の成功率は高まる」という事実も、いまいちど確認しておいても良いのではないだろうか。

世間には、まことに「りちくさい」生き方をしている人がいる。その場限りの損得に目を光らせ、なりふり構わぬ貪欲さを示す。あからさまな欲望を振りかざし、他人を押しのけ、わかりやすく通俗的なものでしか価値を認識することができない。権威に寄りかかったものだけをありがたがり、いじましい権利ばかりを主張し、心の半分は思い上がり、残りの半分は嫉妬で構成されている。

彼らを支えるのは強欲さである。あるいは卑しさである。これもまあ生き方のひとつの類型ではあるだろう。法律に触れない限り、悪いことではないのだろう。

志は、品性といったものと密接に関わる。品性そのものは、ダイレクトな利益をもたらさない。役にも立たない。ならば品性など無意味かといえばそうではあるまい。おそらく志と品性とが重なる部分とは、自己抑制とか克己心といった要素であろう。人間は時間的にも物理的にも能力的にも限られた存在でしかないから、何もかもを手に入れたり味わうことはできない。取捨選択しなければならないわけで、そこで価値観と優先順位が問われることになる。

自分は限られたことしかできない、自分には限界がある——そのことを認めるのはなかなか勇気の要ることである。それは結局のところ、老いや死ときちんと向き合い受け入れることに通じる覚悟なのだから。そんなことよりは欲望を全開にして、祭りの最中のような状態で精神を麻痺させておいたほうが気が休まると考える人が多くても無理はない。

志を持つということは、たんに「夢」を抱くこととは異なる。夢ならば幼児にも持てるのであり、それは空想と欲望が合体したものに過ぎない。志を持つとき、人は自分の人生全体をイメージしなければならない。そうして自分の弱さや矮小さを自覚し、限度をわきまえ、そのうえで目的や方向性を定めることになる。その営みには、謙虚さと「地に足のついた」理想とが求められる。

世間には不可解な犯罪がしばしば出現する。人の命とは到底釣り合わない程度の額の金銭のために殺人を犯したり、世の中にうんざりしたからと無差別に大勢の人間を殺傷したり。そんなことをしても自分が損をしたり家族をも不幸に巻き込むことになるのは目に見えているのに、愚かでしかも取り返しのつかないことを躊躇なく行う。欲が深いくせに、肝心なところで損得勘定のできていないところが不思議でならない。

そのような犯人は、そもそもロング・スパンでものを考えることができない。それどころか、あまりにも刹那的であるから、欲望や感情をすぐに行動に反映させてしまう。しかしそのような連中にとって、自分の人生全体をイメージするなどということは、惨めさや不安を全身で感じることであろう。あえて将来には目をつぶり、その場限りの生き方をしていく。それが彼らなりの現実への適応なのである。

もしかすると、志を持てるような人間は何十年も先の自分をイメージし得るという点で、自信や可能性を持った「恵まれた人間」ということになるのかもしれない。衣食住の不十分な状態で志を持てというのは酷なことなのかもしれない。だが苦しければ苦しいほど、自分を支えるよすがとして志は必要なのではないのか。志を持つということは、自分を大切にすることと同じ意味合いを持ってくる。自分すら大切にできない者に、他人を慮（おもんぱか）ったり尊重することなどできるはずもあるまい。けちくさい生き方しか選べなくなってしまうことだろう。

生きることにはどのような意味があるのだろう。生きていたって、環境を汚染し資源を減らすことしかしないじゃないか、とシニカルな意見を述べる人もいることだろう。

わたしとしては、生きる意味については別の文脈に属す二つの回答があるのではないかと思っている。

ひとつは、多様性ということである。人間は誰もが微妙に異なる。そうしてその異なり具合において、今現在の有りようにおいて、もっともフィットした者、もっとも世間から求められる要素を備えた者がスポットライトを浴びる。他の者は、ゲームを眺めつつブルペンで控えている野球選手のようなものである。状況に応じて指名をされるかもしれないし、されないかもしれない。ただし、いろいろ多彩な選手が控えていたほうが、チームにとっては頼もしい。同様に、人類そのものに多様性があればあるほど、危機を乗り切ることも可能性を活かすことも容易になる。あえて個性とは言わない。人それぞれの多様性が、人類に可能性と「したたかさ」をもたらす。

そういった点では、生きる意味とは「とにかく生きていること」そのものであるということになる。さらに言えば、自分らしく生きることがベストというわけで、だからそれが何らかの成果をもたらすかどうかはわからないけれども、潜在的な可能性を示しただけで生きる意味は十分に果たしているということになるだろう。

精神疾患のもっとも代表的なものとして統合失調症があるが、この病気はたんにストレスとか悩みといったもので発生するわけではない。遺伝を含めた複数の要素が作用することで発病するのではないかと言われているが、人種や地域、時代を問わず、常に発病率は一％弱なのである。もしも統合失調症が人類にとって本当にマイナスでしかなかったなら、おそらく歴史を重ねるうちにこの疾患は淘汰されているはずである。

精神科医の中井久夫によれば、淘汰されないのは人類全体にとって一種の保険のような役割を果たしているからではないかという。つまり、現代社会において統合失調症患者は「病人」でしかない。しかし仮に人類が天変地異（氷河期到来、といったスケールの）に見舞われた場合、統合失調症の人たちのほうが生き残れる可能性は高いのである。孤独への耐性、単調さに対する忍耐力、痛覚の閾値の高さ、自然環境から微細な兆候を読み取る能力等々が優れているからである。

統合失調症もまた、人類における多様性といった点では大きな意味を持ち得るのである。もうひとつの文脈はどうであろう。人類といった壮大なスケールではなく、もっと個人レベルではどうか。

漫然と、成り行きまかせに怠惰に生きるのも、ひとつの人生ではあるだろう。どうせ生まれてしまったからには、そのほうが楽であるかもしれない。ストレスも少ないかもしれない。だが本当にそうだろうか。結論から言ってしまうならば、生きる意味とは「充実感」といったものをどれだけ大切と思うかといった点に関わってくるだろう。一時間をかけて何かを成し遂げたあとの充実感と、ぼんやり一時間過ごしたあとの取り留めのない気分とに、決定的な差を認めるかどうか。

本来、なぜ人の心は充実感を覚えるようにできているのだろうか。答えは、それが精神的な安定をもたらすからである。寂しさや不安や無力感や、それどころか（おそらく）衰弱や死への恐れさえも、その由来は空虚さへの本能的な嫌悪ないし恐怖であろう。それに拮抗し自己の存在感を確認する証こそが充実感なのであり、だから充実感には満足感のみならず、ある種の安堵感が含まれていることになる。

充実感を追求することは、生きる意味というよりは、切実感にあふれる「業（ごう）」に近いものかもしれない。だが我々は、充実感を覚えることにおいて生を全うしつつあると感じるようにつくられているのである。生きる意味を実践しつつあると感じるようにできているのである。そして志は、システマチックに充実感を獲得するためのきわめて能率的な方法論でもあるのだ。

志を持とうが持つまいがそれは個人の勝手かもしれない。が、志を持ったほうが明らかに人生は充実し、精神的に楽になる。現代は、そんな当たり前のことを教えてもらい損ねた不幸な人々のあふれた時代なのではないのか。そんな気がしてならない。

「志なき時代の中で」（『児童心理』二〇一〇年一月号）

III

わかりやすさの断章

わかりやすい子・わかりにくい子

小学六年のときだったと記憶している。父母会で父が担任教師と個別面談をしてきた。帰って来た父は、上着を脱ぎながらわたしに向かって、

「お前、豆腐みたいだと言われたぞ」

と、苦笑を浮かべながら告げた。意味が分からず、母と顔を見合わせていると、要するに以下のような話なのであった。

他の児童たちはそれなりに溌剌としており、教師側からアプローチをすればちゃんと反応を示す。いわばコンニャクを指で突けば弾力を感じるような具合である。だがわたしは、「はあ、そうですか」といった調子で反応がはかばかしくない。コンニャクではなく、豆腐を指で突いているような印象しか受けない。覇気に欠け、やる気がまったく感じられないというのである。「豆腐みたいなお子さんですなあ」そう言われた、と。母親が面白がって「まあ、豆腐小僧ってわけね」と手を叩いた（いや、豆腐少年だったかもしれない）。

わたしは曖昧な表情のまま「ふうん……」と答えたが、内心では憮然（ぶぜん）としていた。自分は担任教師からあまり快くは思われていないらしいと実感して、いささか寂しい気持ちにもなった。昭和三〇年代のことである。

今になって思い返すと、ずいぶんなことを言われたなあと感じると同時に、担任からしてみればわたしはまことに腹立たしい存在と映っていたのかもしれないと考える。やる気のなさそうな態度が、大人を小馬鹿にしているように映ったとしてもおかしくない。となれば、豆腐呼ばわりは最大限にマイルドな表現だったのだろう。

やる気を欠き、投げ遣りな子どもと思われても仕方がなかった。まず、運動が大嫌いだったので（喘息持ちだったことも関係している）、そこで既に元気な子どもといったイメージから遠ざかってしまう。友人の数も少なく、集団でいることを嫌った。独りっ子であるうえに幼稚園や保育園に行った経験もなかったことが遠因なのかもしれない。妙に理屈っぽいところがあり、やりたくないことは断固やらない。「どうしてこんなこと、やらなきゃいけないんですか」などと億劫そうに反論したりすれば、学校サイドからは疎まれるに決まっている。

その気になれば、コンニャクみたいな子どもを装うことなど簡単だったのである。ある程度の知能を前提とすれば、大人が想像するほど子どもは単純素朴ではない。子役が演ずるところの「発剌とした子ども」のように振る舞うことなんて、ちっとも難しくない。

いかにもやる気満々のエネルギーに満ち溢れた子どもは、大人にとっては分かりやすい。甲子園球児は爽やかであるとか、スポーツに打ち込む者に悪人はいないといった迷信と同じように分かりやすい。それを信じたくなる気持ちは、理解できなくもない。だがそのような安直なイメージに合致しない子どもを厭う教師というのは、いささか底が浅くはないだろうか。

当時を回想すると、自分にとって関心のあることには積極的だったのである。マーブルチョコの円筒形をしたパッケージにエナメル線を巻き、ハンダ付けで組み立てたゲルマニウムラジオで放送電波を捉えたときの感激は今でも忘れない。まだ創刊からさほど経っていないSFマガジンで、さまざまなイマジネーションと出会った驚き。ノートに鉛筆で描いたストーリー漫画の数々。まさに自分の世界がある種の手応えを伴って広がりつつある日々であった。

しかしそうした胸のときめきは、あくまでもわたし個人の内部で終始していた。少なくとも家に帰ってからの出来事ばかりであった。学校では、それらを反芻しつつぼんやりしていただけであった。したがって、担任教師から見ればわたしが昼行灯（ひるあんどん）だか豆腐だかに見えても無理はなかった。わたしは、学校で周囲に合わせて行動し協調性を示す必要など感じていなかったし、いったい勉強とは何をどうすればいいのか分からぬまま呆然としていたのである。

大人になってみると、子どもが分かりやすい言動を示すことは子どもにとっての義務ではないかと思えてくる。なぜなら、そうでなければ大人としては不安になってくるからである。大人は子どもの延長ではなく、子どもは大人にとって理解の難しい異人種(エイリアン)なのだ。

他人に不安を与えるのは罪である。だから子ども時代のわたしは罪深い。でも、それならそうと問い掛けてくれればよかったのである。お前には胸を熱くする瞬間はないのか、面白さや充実感を覚えることはないのか、家では何をしているのか、お前にとって孤独であることは苦痛でないのか、と。学校に行った途端に重苦しい気分になり、さっさと家に帰りたいと思う子どもは異常なのだろうか。

小学校の高学年になってから、急に成績が下降したのであった。理由は簡単である。高学年にもなればきちんと勉強をする必要が出てくる。ましてや授業中にぼんやりしているようでは、それを補うべく自宅で勉強をする必要があるだろう。

ところが、わたしには勉強の方法が分からなかった。それまではただ「何となく」クリアできていたことが、そんな調子では済まなくなった。にもかかわらず、教科書をきちんと読み直し、必要に応じてメモを取ったり整理してみる、それでもなお理解が及ばなければ質問する、なんて当たり前のことをしてみようとは思わなかった。実行する前から、「教科書を読んで何とかなるくらいなら、学校も教師も必要なくなるはずだ。でも学校も教師もちゃんと世の中に存在しているのだから、教科書を読み返すなんて無意味ということだ」などと変に理に落ちたことを考え、結局何もしなかったのである。

参考書を使うなんて発想はなかったし、それどころか誰かに勉強法を尋ねようなどとは思いつきもしなかった。親が我が子に向かって「勉強しなさい！」と叱る台詞はテレビでも漫画でも小説でもお馴染みだが、その台詞の意味するところがまったく「ぴんと」こなかった。手本となる兄弟姉妹もいない。親は放任主義である。

冗談みたいなことを言っているように聞こえるかもしれないけれど、わたしは「勉強しろと言われて《げんなりする》子ども」になってみたくて仕方がなかった。げんなりできるのは、勉強のやり方を知っている「まっとうな子ども」に違いなかったのだから。

中学生になったら、担任の先生がノートの取り方をしっかり教えてくれたし、なぜか母親が突然参考書を買ってきてくれたので、やっと勉強の方法を探り当てられた。これで人並みになれた、と救われた思いであった。

しばしば、世間では当たり前とか常識とされていることが自分には抜け落ちている。ときにはそれが「勉強の方法が分からない」といった形で深刻な事態をもたらす。いや、それだけではない。どうやって勉強をしたらよいのか途方に暮れていたわたしは、豆腐小僧の延長として、成績が振るわないまま「やる気がまったくない子ども」といったイメージで教師には認識されていた。人の心の内と、傍から見た印象がとんでもなくかけ離れている。これは当人にとっても、周囲の大人にとっても不幸な話に違いない。

誤解されがちなのが自分の人生だと割り切れるようになったのは、三〇を過ぎてからである。医者になりたての頃も、先輩からは「やる気のない新入医局員」と見なされていたのだから（わたしは当初、産婦人科医としてキャリアをスタートさせた）。

ただし、精神科医に鞍替えしてみると、自分の経験が患者を理解する上で大いに役立つことが分かった。

精神を病んで受診してくる患者の多くは、億劫そうだったり元気がなかったり不安で落ち着かなかったり、いずれにせよ何かに集中できる状態にない。やる気がない、と他人に受け取られても仕方のない様子を示している。だがそれは不真面目とか投げ遣りといった文脈上の「やる気がない」とは大違いである。心を患うことで、当たり前のことや暗黙の了解といったことが分からなくなり、しかもそうした困惑を適切に言語化して訴えることもできずに、結果として「だらしがない」「真剣味がない」「意欲がない」などと顔を顰められる。いや、病気といったレベルではなくとも、さまざまな「当たり前」を生育史において身につけ損ねたせいで、やる気がないように見えてしまう人はいくらでもいる。

やる気がなく映ろうとも、胸の内が見かけ通りとは限らない。困り果てたり混乱したり絶望していても、その人物は「やる気がない」と断罪されかねない。当たり前がどのようなことか分からず、懸命に世間と自分とのギャップを埋めようと難儀している不器用者は、非生産的で消極的な人間と捉えられかねない。

引きこもりやニートと呼ばれる人たちの一部にも、たぶん似たような事情があるだろう。「やる気」といったものは、①向上心や使命感といった心構えの問題、②エネルギーの有無、③自己肯定感や成功体験の有無――といったものが絡み合って構成されているのではないかと思う。そして①ばかりが道徳の問題であるかのように取り沙汰されることで、当人は誤解され非難されるといった構図が成立しがちではないだろうか。

当たり前のことを身につけ損ねると、殊に①と③に支障が出かねない。でもそのような事情はなかなか他人には窺い知れない。あまりにも健全に育った人には、理解など到底及ばないことなのかもしれない。

いったい自分には何が欠け、何に困っているのか。それを適切に言葉にして表現するのは予想以上に難しい。そもそも欠落しているという自覚を持てないことが多いのだから……。SOSを出せば人間は救われる。でもそれは容易ではない。

SOSを出せない人を洞察する能力が大切なことを、わたしは「かつて子どもだったときの自分」を振り返って学んだのだった。


「子ども時代のやる気と人生」(『児童心理』二〇一二年一月号)

「ガッツ」の意味と構造

父親が、劇場に連れて行ってくれたことがある。まだわたしが小学校低学年の頃だ。児童劇で、タイトルは覚えていないが海賊の話であった。舞台には「本物」の水が張られ、そこに海賊船が浮いている。そんな大掛かりな舞台装置を前にしただけで、すっかり圧倒された。そこに沢山の子ども、つまりわたしと同じ年代あるいは少し上の年代の子役たちが登場して芝居を演ずる。船から水へ実際に飛び込んで飛沫を上げるシーンまであった。

どの子役も、裸に近い姿で、甲高く声を張り上げて台詞を発するのだった。一所懸命にやっているのがわたしにも分かった。動作もきびきびしていて、いかにも十分に練習を積んだのであろうと察せられた。効果音もやたらと大きく響き渡り、色とりどりの照明も派手で、自分の日常のすぐ隣にこんな世界が存在していたのかと呆然とさせられたのだった。

さて芝居を演じている子どもたちは、あれこれと厳しい訓練を重ねて本番に臨んでいる。実際、彼らの熱いエネルギーが伝わってくる。さすがにライブの迫力は違う。子役諸君は、誰もがプロの劇団員なのであり、ライバルに打ち勝って役を獲得している。才能に加えて、例外なく「ガッツのある子」に違いない。

ではそんな溌剌とした彼らを目の当たりにしたわたしは、どう感じたか。憧れた？　うらやましく感じた？　いや、単純に、恐ろしいと感じたのであった。別に彼らに危害を加えられるとか、そんなことは考えなかった。彼らが放つ勝ち誇ったような威圧感にさらされて、わたしは自分の卑小さを実感したのは事実である。けれどもそれだけではない。何だか不健全な要素を直感的に探り当て、ひどく不安な気分に陥ったのであった。

「ガッツ」について考えようとすると、あの海賊船の舞台がありありと蘇り、同時に威圧感と、さらには何だか落ち着かなくなるような感情がまたしても湧き上がってくる。その感情は、どうやらガッツなるものが単純に賛美されるべき性質のものではないと囁いているように思われるのである。

世間的には、ガッツのない人間は駄目人間と見なされるようだ。「ガッツがない」イコール「腑抜け、根性なし、怠け者、志を欠く、負け組、スクールカーストの最下層、引きこもり予備軍」といったところではないだろうか。ガッツがある者は、容易にあきらめない。目標に向かってひたすら努力する。苦難に耐え、弱音を吐かず、しかも自分の努力を自慢したりはしない。そんなストイックなイメージすら伴っているのではないか。

少なくとも、スポーツとか演劇とか、そういった肉体を駆使するジャンルにおいては「ガッツ」は不可欠だろうし、しかもそれが必要条件ではあっても、（残念なことに）十分条件ではないといったシビアな状況であるはずだ。

おそらく、ガッツとは「根性」に近い意味を持っているだろう。だがもう少し広い概念のような気がする。「ガッツ」と称されるものには、以下のように三つの要素が含まれているとわたしは考える。①瞬発力、②持続力、③確信力。

まず①である。目標に向けて然るべきときに発揮される「全力投球」といったものがなければ、チャレンジは成就されまい。ガッツには、気合のこもった激しさが必要であるに違いない。だが瞬発力は闇雲に発揮されるべき性質のものではない。あくまでも「ここ一番」で披露される。瞬発力を発揮させる瞬間に至るまでの粘り強さ、辛抱強さ、気力、地道な努力といったものが必要なはずで、それがすなわち②である。②があってこそ、満を持して①を奮えるのだ。

そして①や②の裏づけとなるものとして、③も挙げておく必要があるだろう。ちなみに確信力なんて言葉は、どんな辞書や教科書にも載っていない。本稿を書く上でわたしが必要に迫られて「でっち上げた」造語であり、そこには必ずしもプラスとされる内容ばかりが包含されているわけではない。

目的や目標を定め、それを目指して頑張り抜くためには、誤解を恐れずに言うなら、ある種の「愚かさ」が必要ではないだろうか。努力を放棄するための小賢しい言い訳は、いくらでも考え出すことができる。でもそんな言い訳が何かを積極的に生み出すわけではない。無責任な野次馬たちに小馬鹿にされようとも、あるいは揶揄されようとも、黙々と精進を重ねなければ結果は出せない。その黙々と何かを信じて耐え忍んでいる様子は、なるほど多かれ少なかれ愚かしさに似ているだろう。

頑張り続けるためには、何かを信じなければならない。何も信じずに頑張り続けられるような人間はいない。ガッツのある人間には常識とか前例といったものに囚われない無鉄砲さや度胸が備わっているものだが、彼らは何かを信じているからこそそのような胆力を持ち得たに違いないのである。

では、何を信じるのか（それがすなわち確信力につながるわけである）。

結局は自分自身を信じるしかないのだけれど、その確信を補足する形で、たとえば神様とかご先祖様、コーチや師匠や先生、憧れのヒーロー、仲間たちが大切な役割を果たすかもしれない。郷土愛や愛国心がツボとなるかもしれない。でもそれだけでは（たぶん）不十分だ。もしかすると、傲慢さや思い上がり、図々しさや鈍感さが大切なのかもしれない。それらが作り上げる自信満々な姿勢は下手をすると自滅を招きかねないが、むしろある程度はそれが必要ではあるまいか。謙虚さや慎み深さがかえって仇（あだ）になる可能性はある。

些細な成功体験を大げさに捉えてそれを自信の根拠とするような粗忽さや軽々しさが、かえって本人を成功に導く可能性だって大きいだろう。

周囲が本人を洗脳し、自信を植え付けてしまう場合もあるかもしれない。受験に臨んで塾の講師が生徒を叱咤激励し、天に向かって一斉に拳を突き上げるような光景にも、それに近いメカニズムを見て取ってしまいたくなる。もちろん自己暗示だって重要だろう。

小学生の当方が児童劇団の子役たちに感じた「怖さ」は、彼らが何かわたしには想像もつかないものを信じて芝居を演じているような得体の知れなさを直感したからなのではないかと今にして思うのである。

それにしても確信力は曲者である。そこにはしばしば情熱や切実さ、覚悟、使命感といった熱いものを窺うことができる。しかも確信力をより高めるには、精神的な視野狭窄がむしろ効果をもたらす。気配りや配慮に汲々としてしまう人は、残念なことにそれが裏目に出てしまう危険がある。ファナティックな精神、プチ宗教めいたいかがわしさ、あざとさにも似た貪欲さ（いわゆるハングリー精神）などが、必要とされかねないのである。

とはいうものの、実はもっと自然体の確信力だってある。もっと「おっとり」した、目をぎらぎらさせないようなマイルド版・確信力が。いささか力のこもり過ぎた暑苦しい確信力ではなく、もっと柔和な、つまり自分や世の中に対する「そこそこ」の信頼感といったものさえあれば、人はそれで結構どうにかやっていけるのである。そうやって得た小さな成功体験の積み重ねを自分自身に対する、あるいは周囲への信頼感としてフィードバックしていければ、これこそが理想的な確信力といえるのではないだろうか。

世の中には、「ま、何とかなるさ」「それなりに頑張れば、きっと上手くいくと思う。もし駄目であったとしても、そのような経験はいずれ自分の役に立つ」「そりゃあ未来のことなんて分からないわけだから、とりあえずトライしてみなくちゃね」と、鷹揚に構えられるタイプの人間がいる。心に余裕があるから事態にフレキシブルに対処でき、その結果、(少なくとも長期的には)なおさら成功率が高まる。

こうした人物は、眺めていても気持ちがよろしい。近くにいるだけで安心感が湧いてくるし、こちらには自分の器の小ささを反省する契機をもたらしてくれる。

彼らの鷹揚さは、いったいどこからもたらされたのだろうか。どこまで遡れるのだろうか。しばしば指摘される要素として、乳児期の母子関係といったものがある。当然のことながら赤ん坊は言葉を喋れない。意思表示をしようにも、泣くことしかできない。空腹になれば泣く、オムツが濡れて気持ちが悪ければ泣く、体調が悪ければ泣く、といった具合に。

そんな際に、母はどう振舞うべきか。赤ん坊の泣き声を聞き分ける、なんて高等技術は必要ない(聞くところによれば、近頃は赤ん坊の泣き声を聞き分けるためのスマホ用のアプリがあるらしい。本質をわきまえない愚かな工夫としか思えない）。

とにかく相手をしてあげればよろしい。まずは授乳を試みる。駄目ならオムツをチェックする。それでもなお「ぐずって」いるのでよく観たら顔色がおかしいのですぐに小児科へ連れて行った——その程度の対応で十分なのである。多少の的外れや失敗はあっても、とにかくお母さんがちゃんと相手をしてあげる、向き合ってあげるところに意義がある。そのような対応を通して、赤ん坊は「ま、どうにかなるさ」といった周囲への信頼感や自分への自信、さらにその延長としての鷹揚さ（良い意味での楽天主義や能天気さに近いとも言えよう）が身についてくる。あるいは「希望を持つ力」といったもののベースが形作られる。

もちろん乳児期だけですべてが決定されてしまうわけではない。ただし乳児期における母親の姿勢は、そのまま時間を経ても継続されがちだろう。父親は母親の精神的安定を担保する役割があるし、長じては社会性を教える役割があるわけだが、母親に足りなかったものを補えきれるかどうかは難しいかもしれない。

こういった話は多少なりとも育児神話的な胡散臭さが付随しているが、少なくともネグレクトされた子どもが鷹揚さ、信頼感、あるいはマイルド版・確信力を獲得するにはハンディがついてしまう。少しでも義務教育の期間にそのハンディを埋められれば何よりなのだが。

幼いときからわたしは運動神経が鈍かった。脳神経のネットワークにどこか欠落したものがあるらしい。三島由紀夫は熱心にボディビルに励んだり剣道に精を出したりしたものの、根源的な運動神経の欠陥は遂に克服できなかったし、そこに彼の文学を読み解くひとつのヒントが横たわっている。そんな三島と自分を比べるのもずいぶん厚かましいと反省するが、彼の運動音痴ぶりには大いに親近感を覚えるのである。

当然のことながら、わたしにとって体育の時間は地獄であった。駄目な奴だなあと蔑まれるのなら耐えられるが、少なくとも昔の体育教師には、運動の駄目な児童生徒を憎み、あまつさえプライドを傷つけることを以って努力を促すモチベーションにしようと図る人がいたものである。

鉄棒、それも低いほうの鉄棒での「逆上がり」ができなかった。最終的には、わたし以外には二人の女子がそうした落ちこぼれ組となった。女子のひとりは極端な肥満だったし、もうひとりは拒食症気味のいかにも華奢で不健康そうな女の子だった。したがってその二人に関してはさすがに「彼女たちは、仕方がない」と体育教師も許容している気配があった。

そうなると罪深いのはわたしのみということになる。こちらのほうも心の隅で「鉄棒の得意な奴が出世するわけでもあるまいし、どうでもいいじゃないか」などと小生意気なことを思っていたので余計に嫌われたようである。

最終的に、わたしは不真面目なうえにガッツのない子どもと認定されてしまった。体育において劣等生扱いされても痛くも痒くもないけれど、「お前は努力が足りない」「手のひらに豆もできていないじゃないか」「女子より劣る」などと罵倒されてはさすがに辛い。ことに「女子より劣る」とクラスメイーたちの前で言い切られるところが残酷ではないか。こちらは（まだ男尊女卑的な空気のあった時代の）男子小学生だったのだから。

他の級友たちがもっと別の楽しいことをしているあいだ、わたしと例の女の子二名は、鉄棒で自主練習をするように命じられた。しかし、どのように努力してよいのかが分からないのである。一応は両手で鉄棒を握り足を蹴り上げてみるが、そうした動きの延長線上に「逆上がり成功！」の瞬間が待ち受けているようには思えない。なにやら決定的に間違えた動作を虚しく繰り返しているだけの気がする。それはガッツなんて威勢の良いものとは違う文脈にありそうなのだ。

遂に友人の一人が、わたしの無様な動作を見かねたのであろう。わざわざ走り寄ってきて、そっと耳打ちしてくれたのだった。「お前さ、あれじゃぜんぜん駄目だよ。分かってないんだよなあ。もっと腕を手前にぐっと引き寄せて、胸を鉄棒に近づけてごらん。そうやって身体を鉄棒にクルリと巻きつけるつもりで地面を蹴るんだよ。逆上がりってのはね、お腹の部分から身体を鉄棒に巻きつける動作なのだと思ってみな」そのアドバイスで、たちまちわたしは開眼した。ああ、そうだったのか。なるほど身体を鉄棒に巻きつける、と。なるほどねえ。適切なイメージを思い描けるようになったので、早速実行してみた。たちまちわたしは逆上がりが「人並みに」できるようになったのだった。

どうしても成功しなかった逆上がりに、いきなり成功した。体育の教師はガッツを要求したが、わたしはそんなものとは無関係に、友人の実に簡潔かつ適切な言葉の力でハードルを越えたわけである。体育教師にはザマミロ！　と言いたいところであった。

ガッツという名称からは、どうも根性主義というか「気力ですべて乗り切れ！」的な押し付けがましさが感じられて腰が引けてしまうのである。勢いをつけてとか力任せとか、そういったパワフルな印象を擬音で表せば「ガッツ」となりそうな気すらする。

既に述べたように、ガッツを構成する三要素、すなわち①瞬発力、②持続力、③確信力のうち、最後の確信力こそが人を誤解させるようである。「信じる」というメンタルな営みが大きく作用する。そのためには洗脳とかプチ宗教に近いいかがわしさが召喚されるかもしれない。ささやかであっても成功体験を味わうことも重要だ。親の適切な養育態度がもたらす無根拠な信頼感や鷹揚さが意味を持つことも多い。そして、的確な言葉やイメージもまた確信力のうちには含まれるだろう。

つまり言葉を覚えるとか表現を学ぶといった経験が、いつしか確信力に寄与し、ガッツを育んでいくといった図式も成り立つわけである。言い換えれば、ガッツとは予想以上に総合的な力、豊かさに満ちた力ということになるだろう。ガッツポーズだけがガッツのすべてではない、という次第である。

「「ガッツ」の意味と構造」(『児童心理』二〇一六年一二月号)

「チャレンジ不要」の時代に生きる子どもたち

チャレンジという言葉は威勢が良い。溌剌として、向上心に満ちている。チャレンジをするかどうか、それが精神的な若さの指標となりそうにすら思えてくる。だが同時に、空疎な掛け声のように響いてしまうこともある。おざなりに発せられるファイト！ のように。

どんな意味を「チャレンジ」から思い起こすか、人それぞれで微妙に違いがあるように思われる。そこで、とりあえず三つの要素の配分で違いが出てくるのではないかと考えてみたい。すなわち、

①〈ハングリー精神〉〈発奮〉〈青雲の志〉といった、野心的で力強い心構え。ただし堕落すると、なりふり構わぬ功利主義に陥りかねない。

②〈自己実現〉〈(内面の) 成長〉〈夢〉といった、生きる意味そのものと密接に関わってくるようなスピリチュアルなニュアンス。ただし堕落すると、ファッションとしての自分探しに陥りかねない。

③〈行動力〉〈積極性〉〈勇気〉といった、意欲的で前向きな姿勢。ただし堕落すると、就活の面接で自己アピールに多用される「チャレンジ精神」と同じような形骸化に陥りかねない。

現代においては、①の要素が希薄になりつつあるように感じられる。もはやそれは「立身出世」とか「故郷に錦を飾る」「末は博士か大臣か」といった表現が心を躍らせた時代のものであり、昨今の草食的というかソフィスティケートされた世の中にはいささか無粋に感じられる。

では②はどうだろう。チャレンジの結果よりも、チャレンジすること自体が大切だといったコンテクストにおいては俄然重みを持ってくる要素である。けれども、引きこもりやニート、さらには「新型うつ病」などの現代に特有な若者の精神病理もまた、この要素を「こじらせた」挙げ句のものであろう。うまくチャレンジに踏み切れなかった若者の落とし所としての引きこもり・ニート・新型うつ病、といった理解も可能ではあるまいか。

おかしな言い回しかもしれないが、ライト感覚で口から発せられる「チャレンジ」が、まさに③である。やる気に満ちた清々しい精神は、必ずやチャレンジといった分かりやすい形で発露されるはずである——そんな錯覚を大人たちにおぼえさせてしまいかねない点で、むしろ厄介かもしれない。

おそらく昭和の時代では、①がメインでそこから③が派生する形で「チャレンジ」は理解されていただろう。②は文学青年の寝言に近いと捉えられていたのではないか。そのような時代を嫌悪する人もいれば、ひたすら懐かしむ人もいる。

　チャレンジをしない子どもは、覇気を欠いた無気力な子どもと見なされかねない。そんな消極的な態度では、将来が思いやられる。隠居老人でもあるまいし、チャレンジ精神のない子どもは大人になる前から既に落伍（らくご）している、と。

　そうした考えをする人は多い。戸外で仲間たちと泥まみれになって遊んだり喧嘩をする子どもこそが健全で、そうでなければ酸いも甘いも噛み分けた大人にはなれない、とでもいった発想に近い。だがそんな発想を前にすると、わたし個人はたちまち息苦しくなってしまう。その理由について少々思い出話を書いてみたい。

　小学生の頃のわたしは、少なくとも大人の目からは無気力に近い子どもと思われていた。運動が嫌いで協調性がなく、独りで絵を描いたり本を読むことを好んだ。友人も少なく、でもそのことを気に病まない。取り留めがなく、何を考えているのか分からない。しかもどこか不遜というか生意気である。

　周囲からすれば、チャレンジなどとは縁遠い怠け者にしか映らない。覇気がなく、子どもらしさの乏しい、むしろ変人のカテゴリーに属す小学生であった。なるほど自分で振り返ってみても、これぞと胸の張れるチャレンジなんてした記憶がない。

とはいうものの、じっくり考えてみればあれがわたしなりのチャレンジであったのではないかと思えるエピソードが出てくる。

当時、ＮＨＫ教育テレビ（まだ白黒の時代である）で「テレビ絵画教室」なる番組があった。その日のテーマは風景画である。生徒役といっても大学生から老人まで男女四、五人がそれぞれイーゼルを立て、山の中腹にある広場から、向かいに広がる山々を描くのであった。見晴らしが良いので、生徒たちは目一杯に個性を発揮して絵筆を奮う。おそらく日光とか箱根とか、そのあたりの場所ではなかっただろうか。ハイキングの対象となるような標高の低い、親しみやすい山々であった。

まだ完成には至っていないがおおむね絵柄が出来上がったところで、先生役の画家が登場した。生徒たちの絵を、順番に講評していくのである。それぞれの絵は、あらかじめテレビに映し出されていた。当然のことながら、わたしの目から見て気に入った作品や逆に心に響いてこない作品がある。でもそれは所詮小学生の目で判断したものに過ぎない。第一線のプロの画家によれば、どのように評価が下されるのだろうか。

わたしがイチオシしたくなった絵があった。山肌に巻き付くようにして道が整備されている。螺旋を描くように山頂まで登れる道である。その道がくっきりと描き込まれた絵であった。そこには帽子を被った登山者までちゃんと描かれている。飽きない絵であった。道を指でそっと辿ってみたくなるような絵で、画面に入っていきたくなるような楽しさがある。この絵は、先生に激賞されるに違いない。そのようにテレビの前のわたしは確信した。

いよいよ当方イチオシの絵が講評される順番が回ってきた。わたしは固唾を呑んでテレビを見守っていた。他の生徒たちの作品は、印象派ふうだったり梅原龍三郎ふうだったり写真のように写実的だったりとレベルが高い。それらに比較すれば、当方の推す作品は決して達者な絵ではない。稚拙で素人っぽい。だけれども率直さや喜びが伝わってくる絵じゃないか。

絵の作者は、コールテンのくたびれたジャケットを着た朴訥（ぼくとつ）な感じの青年であった。背筋をぴんと伸ばして講評に耳を傾けようとしている。吉と出るか、凶と出るか。先生は絵を一瞥しただけで、渋い顔をした。お話にならない、といった雰囲気を漂わせつつ、冷徹に言い放った。

「うーん。これはちょっとね……まず、この道の描き方が感心しませんな。道が、説明的過ぎるんですよ」

作者である青年はがっくりと肩を落としていた。先生による否定的な言葉はなおも続いている……。完敗である。

テレビという晴れ舞台で、コールテンの青年は酷評に近い評価を受けてしまったのだ。わたしは彼に同情するよりも、先生に腹を立てた。「説明的過ぎる」なんて言い方はないだろう。この絵の楽しさがなぜ分からないのか。絵画としてのバランスを考えれば、なるほど道が目立ち過ぎて問題だという意見も一理ある。くだんの絵は、考えようによっては観光案内の絵地図に近いかもしれない。その点においては、アカデミックな描き方にはそぐわないだろう。でも道を指で辿りたくなるような楽しい絵を、頭ごなしに否定するのは納得がいかない。

幼いわたしには、絵の偉い先生に抗議するなんてできない。まして先生本人はテレビ画面の向こうに居る。もし抗議できたとしても、たちまち言い負かされてしまっただろう。しかし、やはりこの絵はそれなりに尊重され労われるべき作品だ。いささか大げさに申せば、アカデミックだが退屈な絵と、工直だし楽しさにあふれているが（おそらく）芸術とは認められない絵、そのどちらを信じてこれからの人生を送っていくかの岐路にわたしは立たされていた。

そして、もちろん後者に与すると心の中で誓ったのである。そのままその誓いを貫いて絵を描き続けていれば、もしかすると面白い絵を作り出せる境地に至ったのかもしれない。が、わたしはいつしか絵を描くことから興味は移ってしまい、あのひそかな誓いも立ち枯れてしまった。いや、ひょっとしたらあのときの精神は形を変えて今に至るまで自分の生き方の深層で脈打っているのかもしれない。

結局、あのテレビ絵画教室での体験は、実はわたしに大きなチャレンジを要請し、自分なりにそれを黙々と実行してきたようにも思えるのである。それは自慢話でも何でもない。注目すべきことは、そのようにわたしの内面ではきわめて重大なことが生じていたにもかかわらず、周囲の大人はそんなことに気付かなかったし、気付きようもなかったという事実である。たとえ昼行灯みたいな子どもであっても、そして一見したところは無気力に映ろうとも、心の中ではそっと大チャレンジが進行していることだってあるのだ。

夏休み中に五〇メートル泳げるようになるとか、漢字検定二級を目指すとか、レゴで原寸大の犬を作るとか、そういった分かりやすい（あるいは周囲の大人たちにアピールしやすい）チャレンジがある。だがそれだけではない。もっと潜在的に、さりげなく、自分ですらそれがチャレンジと意識することなく行われるチャレンジだってあるのだ。つまり「好ましい子ども」という大人たちによる評価のチェック項目のひとつとしてのチャレンジ——そのようなものにはカウントされないような種類のチャレンジが。

いまどきの若者は、チャレンジなんて面倒なことをせずに、さして欲もなく（スピードの出る自動車を欲しがったり、広い家や豪勢な暮らしに憧れたりせずに）、等身大のささやかな人生で事足りているのだろうか。がつがつせずに、つまらぬ自尊心や自己顕示欲に惑わされることなく、個性を重んじた小綺麗な生活を淡々と営んでいるだけなのだろうか。

これ見よがしにチャレンジ精神を高々と掲げたりはせず、ひっそりと自分なりにチャレンジを試み、そしていつしか驚くばかりの高みに達しているくせに当人はそれを誇示することもない——そんなケースを見聞きすることが少なくない。たとえば自分が気に入った靴がないからとそれを自分で作ることにし、職人として弟子入りして腕を磨き、さらにはイタリアにまで行って修業し、でもそうした経歴をわざわざ披瀝（ひれき）することもなくひっそりと小さな靴屋を開いて素晴らしいオーダーメイドの靴をこつこつ作っているとか、まあそういった類の在りようである。本人は無頓着で、自画自賛しようとすればいくらでもできるのに、さりげなく振る舞っている。わたしとしては、正直なところ、カッコいいなとちょっと感動する。

スポーツにしても、以前に比べれば「悲壮感」がなくなっている。国の名誉を背負ってとか、負けたら死んでお詫びするしかない、なんて馬鹿げた気合いの入り方ではない。それでいて結果は立派な記録を残したりするではないか。そのようなある種の気負わぬカジュアルさが、成熟社会の証ではないかと思ったりする。もしかするとチャレンジという言葉自体が、もはや古くさくなりつつあるのではないか。

冒頭で挙げたチャレンジを巡る三要素のうちの②、すなわち〈自己実現〉〈（内面の）成長〉〈夢〉といった、生きる意味そのものと密接に関わってくるようなスピリチュアルなニュアンスすらも、そこに価値を置きつつも自嘲するだけのクールさを若い世代は身に着けつつあるような気がしてならない（そのような突出した部分は、意外にも、お笑いの世界において鋭敏に表出しているように感じられる）。

以前だったら世間の共通認識として「チャレンジこそ善」といった空気があったように思われる。右肩上がりが善、といったノリと同じ価値観である。でも現在では、放っておいてもごく自然体にチャレンジをしていくタイプがあり、いっぽうチャレンジという営為を自分と関連づけて理解することすらできないタイプの両極端に分極しつつあるのではないか。後者は、「あれこれ気にくわないことは多いけれど、かったるいから現状維持でいいや」というわけで、それをことさら咎められたりはしないだろうけれど（それもまた成熟社会ゆえである）、やがて慢性的な不全感となって心を荒ませていく。

チャレンジすることの意味が分からない、チャレンジの概念が事実上欠落している子どもが珍しくない。過保護ですべてを親が先取りして「やってあげて」しまう家庭に育った場合や、逆にネグレクトに近い扱いを受けると、そのようになりやすいのかもしれない。心の中に空虚感や無力感を抱え込んでしまうのだろう。そうなると、そのような子どもにチャレンジの喜びや充実感を（今さらながら）教え込むことは途方もなく困難に違いない。だが、それは断固必要だろう。

勝手にあれこれチャレンジしていく子どもはどうだろう。彼らにとっては、極端に言うならゲームを攻略することも現代数学の証明問題も大差はないのだろう。彼らがチャレンジをするそのモチベーションは、面白そうだから、現状に違和感があるから、ヒマだから。――せいぜいそんなところなのだ。敷衍すれば、モチベーションだの動機だのに特別なものなど存在しなくなっていくのが成熟社会という形態なのかもしれない。

しかし、あえてチャレンジという大仰な言葉が必要になるような子どもは、やってごらんと促したり励ます程度では腰すら上げようとしない。チャレンジの重要性を感じ取ってもらうのは、生きる意味とか人生の価値をリアルに説き聞かせるくらいに至難の業だろう。

わたしは精神科医として長年勤務しているが、引きこもりや適応障害、新型うつ病、パーソナリティー障害といった若者を相手にすることが珍しくない。彼らは最初からチャレンジと無縁か、さもなければチャレンジを前にフリーズしてしまった人たちである。そのような患者は増えつつある。チャレンジなんかしなくとも生きていける世の中のはずが、やはりそれではうまく生きていけないのである。一見したところはチャレンジなんか不要に見えても、自然体でさらりとチャレンジのできる精神の持ち主でなければ生きにくい世界、それが「チャレンジ不要の時代」に照応した世界なのである。

「「チャレンジ不要の時代」に生きる子どもたち」（『児童心理』二〇一六年六月号）

牧場の眺めと音楽室、そして陰口

子ども時代の記憶から始めよう。小学校六年のときである。

勉強がわからないときに先生から指名されるのは恐怖そのものだが、理解ができているときには自慢半分に指名を受けたいものである。答えがわかったら勢いよく手を挙げてみるものの、そうしたときに限って先生は当ててくれない。他人が指名されて正答を口にすると、手柄を横取りされたようで悔しくてならない。誇らしげに答えるチャンスを逸したことが残念で仕方がない。だが、残念がってばかりいてもつまらない。やがて指名されるコツに気が付いた。自信満々に手を挙げても無駄なのである。大きな声で「はい！」と言っても可能性はない。いかにも自信がなさそうに、おぼつかない態度でおずおずと手を挙げると指してもらえる。ちょっと演技をすればいいだけであり、簡単なことなのである。

指名を受ける方法を発見したと母親に話したら、母はちょっと無防備なところのある人だったので、面白がって（父兄面談のときに）担任の教師にそのことを喋ったのである。子どもとはいえ妙な知恵を働かせるものなんですねえ、といった軽い調子で。

しかし担任は面白がらなかった。それどころかたいそう腹を立てたらしく、授業中に、わたしの名前こそ出さなかったけれど、指名してもらいたさに卑劣な小細工をする児童がいると声高に非難をしたのだった。小学生のわたしは驚いた。そんなことで立腹するなんて「大人げない」ではないか。担任は「いやあ、一本取られたなあ」と笑って応じてくれる程度の話だと思っていたのに、当方を卑怯者扱いするのである。人格を否定するのである。以後、卒業までわたしの小学生生活はあまり愉快なものではなくなってしまったのだった。

担任としては、わたしが採った作戦はまさに裏表のある人間の所業であると感じられたわけである。おそらく、小学生はもっと純粋で真っ直ぐな気持ちを持っているものだと信じていたのではないか。とすればわたしは、子どもに対する信頼感を損ねる邪悪な人物と映ったのだろう。しかしわたしとしては、指名をしてもらいたいのは自己顕示欲ばかりではなく、先生に対する一種の親愛の情でもあった。親しみを覚えていたからこそ、褒められ感心してもらいたかったのである。多少大げさに言うなら、ラブレターを送ったつもりでいたら相手が怒り出したようなもので、こちらとて大いに心が傷ついたのである。

裏表のある人間とは、狡賢い、抜け目がない、油断がならない、悪知恵が働く等のネガティブな面を人一倍持っているにもかかわらず、それを隠して善人のように振る舞う人物であると一般的には理解されるだろう。表面だけで信用すると騙されかねない。裏の部分こそが真実の姿で、そこには倫理や道徳に反しかねない「ホンネ」が身を潜めている、と。つまり性悪説である。

裏の部分を剥き出しにすると、他人から疎まれたり非難されることは十分に承知している。そこで善人を装いつつ邪な性質を発揮する機会を常に窺っている、といったところだろうか。確信犯なのである。損得勘定に長け、自己を満足させるためには何をしでかすかわかったものではない。矜持とか志に欠けた厭わしい現実主義者と言い換えても良いのかもしれない。

小学五年生のとき。国語の時間であった。指名された児童が立って教科書を朗読する。大きな声で、正確に、明瞭に。

そのとき教科書には、太郎君と花子さんが牧場(まきば)へ見学に行った顚末(てんまつ)が挿絵入りで記されていた。柵にもたれるようにして眺めていると、目の前を馬がゆっくりと横切っていく。大きな馬と小さな馬——つまり母馬と子馬であり、のどかで微笑ましい光景であった。花子さんは思わず「♪おうまのおやこは　なかよしこよし……」と唱歌を口ずさんでしまった。と、そんな一節があった。添えられていた挿絵は今でもはっきりと覚えている。

Aという女の子が指名された。普段からあまり目立たず、さして学業優秀といったわけではなかった。いわゆる「人気のある」児童ではなかった。そのAが教科書を淀みなく朗読していく。やがて花子さんが唱歌を口ずさむ箇所に差し掛かると、ためらうことなく彼女は実際に節をつけて「♪おうまのおやこは　なかよしこよし……」と歌ってみせたのだった。そのとき教室中の児童の大部分はどう感じたか。表情を強張らせつつ、あざとい、わざとらしい、先生に媚びている、スタンドプレーといった類の言葉を思い浮かべたのである。いっぽう先生のほうは、「今の読み方は大変に良かったですね。皆もAさんのように、歌のところはメロディーに乗せて読みましょう」と満足そうに言った。

冗談じゃない、そんな恥知らずなことなんかできるものかと我々は朗読を指名されることに戦々恐々としたのだった。だから運悪く当てられた男子児童は、ふて腐れた表情をしつつ歌の部分で急に声が小さくなり、節があるようなないような曖昧な読み方を気まずそうにしたのだった。

わたしはAのことを、今ふうに言うなら空気の読めない児童だと思った。教師に褒められるためには躊躇しないといった意味において、いくぶん逸脱していると感じた。今になって振り返ると、Aこそは裏表と無縁の人物だった。裏表を使い分けられるような者は、同級生のブーイングを受けるようなことはするまい。むしろ裏も表もなかったところに彼女の逸脱ぶりがあったのではないだろうか。それは適度に裏表を使い分ける者こそが自然に映り、そうでない者は違和感を発散させることを示している。

Aには何ら非がない。たとえ教師に褒められようとしていたとしても、基本的に教師に褒められる言動は「良いこと」なのである。後ろ指などさされる謂れはあるまい。だが同時に、空気を読めない馬鹿正直さは、たとえ小学生であろうと仲間を辟易とさせるのである。Aに比べれば、裏表のある卑怯者のほうがまだ理解しやすい。

裏表のある人間は嫌われる。蔑まされる。けれども裏表のない人間は周囲を戸惑わせる。心が剝き出しになっているのだ。ある種の欠落を目にしてしまったような困惑すら与えられかねない。さもなければ不用心な危うさが伝わってくる。適度な裏表があることは、安心感に通じるのだろう。

再び小学校六年のとき。音楽の男性教師はいささかサディスティックな人物だった。痩せて銀縁の眼鏡を掛けている。両手の指は細く長い。髪も長い。たぶん、わたしたちのような不作法な餓鬼どもに音楽を教えることにうんざりしていたのだろう。糊口を凌ぐために、芸術を解さない連中を相手にすることは屈辱的だったのではないだろうか。昨今なら許されないであろう罵詈雑言を我々に散々浴びせ掛けた。わたしたちのほうは、ああいった情緒不安定こそが芸術家の特性なのだろうと思い込んでいた。人間として問題があってもそれが芸術家なら仕方がないと素朴に考えていたわけである。

音楽の成績別にグループで着席させ、それぞれを成績順に「特急」「急行」「鈍行」そして最低のグループを「貨物」と呼んだ。「貨物」の児童はまったく相手にせず、ときに愚かな連中として罵倒した。いつも彼は苛立っていた。一人ずつピアノの脇に立ってリコーダーを独奏するテストがしばしば行われた。貨物グループは、下手どころか棒立ちのままである。楽譜も読めなければ、音譜に対応する指遣いもまるでわかっていないのだから仕方がない。基本をきちんと教えないくせに、困り果てて立ち尽くしている児童の横に来て大げさに耳をそばだててみせる。そうして最後に嫌味を言ったり怒鳴ったりする。あの教師にとって音楽室は聖域であり、貨物グループはそこを穢(けが)す存在でしかなかったようだ。

特急グループにいた男子児童のBは、音楽教師に腹を立てていた。いくら子ども相手だろうと、他人の尊厳を踏みにじるのは人の道に反するだろう。それに教師ならばきちんと教えることが仕事であり、職務怠慢のくせに児童を罵倒するとは筋違いだろうと義憤に駆られていたのである。

Bの採った作戦は、露骨に裏表のある児童を演ずることだった。リコーダーにもピアノにも声楽にも秀でたBは、あからさまに音楽教師お気に入りの優秀かつ忠実な児童として、誇張した卑屈さを貫いた。腹心の部下のような調子を装いつつも、貨物グループへの攻撃をやんわりとたしなめたりもした。まだ一二歳だというのに。Bがわざとらしく振る舞えば振る舞うほど、教室内には押し殺した笑いが満ちた。それに反応して音楽教師は苛立ったが、Bに対しては露ほども疑わない。その茶番に腹の中で我々は快哉を叫び、溜飲を下げていたのだった。

Bは演技として裏表のある人物になりきった。誇張された人物像が児童たちに相対化された視点をもたらし、その結果、サディスティックな音楽教師といった理不尽な姿にクラスは翻弄されなくなった。Bには、人間には裏表があって当然という諦観にも似た人生観が、あの年齢で既に備わっていたようなのである。

平成二三年に流行った言葉のひとつとして「ドヤ顔」というのがあった。関西弁で「どうや、すごいやろ!」と自慢気に、誇らしげに、したり顔をする様子を指している。したがって周囲はドヤ顔に対して「そんなことで威張りやがって」と苦笑する気持ちや、「ああ、こんなことで喜んでいるのだな」といった寛容の気持ちや、単純な賞賛や鬱陶しさや、そういったものの複雑なブレンドとして受け止める。

本来、ドヤ顔は人前に曝してはいけない(行儀の悪い)種類のものである。にもかかわらずついドヤ顔をしてしまうところに、弱さや情けなさをも含めた人間味が溢れ出てくる。

我々はホンネとかあからさまな欲望を「秘密」として隠しきることなどできない。疲れてしまうし、うんざりしてくる。ドラマとか落語とか小説で、ホンネを全開にしている人物や裏表を使い分けようとして失敗する人物を眺めることが大いなる娯楽となることも、その事実を証明していることだろう。

今度は中学一年のときである。同級生の男子生徒Cには、友人が誰もいなかった。得体の知れないところがあったからである。哺乳類の群れに爬虫類が交ざっているかのような「ちぐはぐ」な印象が彼にはあった。授業の途中でいきなり家に帰ってしまったり、図工の時間に楽焼きでドクロを作り、完成してからそのドクロに粘土で肉付けをして顔の復元をしてみせたり、級友の弁当を平然と食べてしまったり、ユニークというよりは薄気味の悪いところがあった。記憶力に優れ、テストはいつも高得点だった。

Cは喜怒哀楽が乏しかった。それこそテストで満点を取ろうとも「ドヤ顔」など決してしない。といってクールとも思えない。何も感じていないようにしか見えないのである。だが彼が周囲をまったく忖度せずに振る舞う人間であったとも考えにくい。いきなり帰宅してしまうことはあっても、授業中は静かにしているし講義に耳を傾けている。指されればきちんと答える。掃除当番だって黙々とこなすのである。

そんな彼が、わたしに話し掛けてくるようになった。誰も聞いていないところで、教師や級友の悪口を言う。的外れではないが、耳にして気持ちの良いものではなかった。他人の悪口や陰口はそれなりに面白いのが常であるはずなのに、Cの言うことは面白くないどころか陰湿なだけなのである。悪口を媒介として仲間意識を深めようとか楽しもうといったところが希薄なのである。そもそもなぜわたしにそんな悪口を披露してみせるのか。

どうやらCはわたしに悪口という「贈り物」をしてくれているようなのであった。彼は、実のところ裏表を使い分ける醍醐味など知らなかったのではあるまいか。陰口を叩くといった卑屈な快楽、嘲笑や侮りを仲間とシンクロさせる愉悦、ちっぽけな秘密を分かち合うスリル——そのような悪の甘美さには疎いまま、そっと悪口を披露することが（幼児にキャンディーを与えるように）歓迎される贈答であると何かの拍子で思い込み、機械的に実行してみただけではないのか。わたしと仲良くなりたいというよりも、Cには人がどのような形で他者と仲良くなるかという「当たり前」のことがわからず、わたしを相手に自分なりに試してみたということではなかったのか。当時はそこまではっきりとは考えておらず、漠然とした不自然さを覚えていただけであったが、今になってみると彼には精神の発達において少々問題があったような気がする。結局わたしはCと一定の距離を置いたまま付き合い、二年生以降はクラスが別々となった。何か大きな問題を起こすのではないかと予想していたが、そのまま静かに卒業していった。

なるほどCは「あたかも」裏表がある人間のように振る舞っていた。だがそこには、おかしな言い回しに聞こえるかもしれないが、「よからぬこと」にまつわる人間味や豊かさが感じられなかった。そのようなタイプの人間と何年かに一度の割合で出会い、精神科医になると毎日のように出会うようになった。

人に裏表があるのは当然である。子どもであろうとそれは変わらない。裏表があるからこそ空気が読めるようになる。人の心の奥行きを味わえることになる。空気を読むことを、他人の顔色を窺うことと混同して「空気なんか読む必要はない」と主張する人がいるが、そんな暴論が許されるのは傑出した才能や美貌の持ち主に対してそれを強調する伝説として機能する場合に限られるだろう。本来は礼儀や常識に近い営みである。

表とは何か。無難で安全で良識をわきまえたかのように装う側面である。まっとうな人間としての側面と言い直しても良かろう。だから世の中は平穏に過ぎていく。では裏とは何か。ホンネ、えげつない感情や欲望、損得勘定や身も蓋もない決めつけといったものの渦巻く生臭い側面である。通常、我々は裏の存在を隠そうとする。互いに裏を持っていることはわかっているが、それをあからさまにするのは下着を人前で脱ぐようなものである。

裏とは、暗黙の了解に属する事柄である。ことさら言い立てる必要もなければ、詮索すべきことでもない。そのような微妙さが日常を支えている。だから子どもは往々にして裏表のけじめをつけ損ねる。言ってはいけないことを口にしたり、残酷なことをしでかす。

必ずしも裏はひた隠しにされなければならないとは限らない。裏の一部をそっと開陳することで仲間意識や共感が成立することがある。あえて裏を露悪的に表現することで、かえって信頼感や率直さを印象づけられる場合がある。裏という負のイメージを帯びた側面は、上手く扱えば人間関係において大きな強みを発揮する。子どもは、そのような技術の習得過程にあると見た方が適切かもしれない。裏表の目立つ子どもをたちまち問題児と見なすのは早計だろう。大人の基準を子どもへ当てはめ、しかも子どもの心は純粋であるといった思い込みに囚われるべきではない。小学生のわたしが担任に憎まれることになった経緯も、そうした迷信に立脚していた。

裏表のない人間の奇妙さは既に書いた。Aという女の子は完全に教室から浮いてしまったし、中学生のCはむしろ精神病理の領域に属しつつあった。裏表があるということは、必ずしも卑怯で狡いのではなく、むしろ人間味や奥行きや柔軟性につながる要素が大きい。

小学校の音楽室で極端に裏表のある人間として「わざと」演技をしてみせたBはどうであったろう。あれこそが裏表という心の構造を理解した上での「応用編」であった。子どもだろうと大人だろうと心には裏表があることなど当たり前である。ただし思春期になると性の目覚めとシンクロして「秘密」という命題が本人を脅かす。さもなければ「羞恥心」という命題が。したがってその時期には、むしろ裏表の存在を忌避するような潔癖さに、一時的に陥ることがある。

心の裏表が顕著な子を見ると、大人たちは邪悪な心に染まったとか闇を抱えた子といったイメージに結びつけたがる。たしかにその傾向が著しければ不安にもなってこよう。だが裏表のそれぞれを大人に見せつけて反応を確かめたり、仲間たちとの交流を通じて、より円滑な人付き合いを学んでいく「調整」のプロセスと見ることもまた可能なのである。

「人の「裏表」とは何か」(『児童心理』二〇一二年四月号)

感謝されてこその精神科医療、といった図式が成立しない難儀さについて

笑顔を取り戻した患者さんたちの姿、「おかげさまで」と嬉しそうに発せられる感謝の言葉、それがわたしたち精神医療に携わる者にとっての「元気の源」なんです♡と、そんなことを言える人はハッピーだと思う。頻繁に「元気の源」が供給されているからこそ口にできる言葉に違いないのだから。

治したという達成感を求めて精神科で働くのは、得策ではない。ましてや患者に感謝されることを期待して精神科医療に携わるのは、見当違いだと思う。そもそも精神科においては、「治す」という一方通行のアプローチは馴染みにくい。支える、気付かせる、手伝う、寄り添う等、医療者は脇役としてさりげなく振る舞うのが本来の姿ではないのか。

大いに患者から感謝された経験は少ない。内因性うつ病による極端な仕事能率の低下と自責感から、オレなんか会社に迷惑をかけるばかりだからと辞表を出そうとしていたサラリーマンがいて、この時は本人を説得するだけでは不十分で、妻もおろおろするばかりだったし、結局

は会社の上司に直接連絡を取って辞表を受け取らないようにと交渉した。このケースは、薬物療法で本人が「我に返って」から、当方の奮闘にものすごく感謝してくれた。が、まあそんなにめでたく事態が収まったのは珍しい。

わたしは以前、産婦人科医を六年ほど務めていたが、感謝のされ具合は精神科と雲泥の差である。少なくともお産がうまくいけば、大概は本人も家族も笑顔を見せてくれる。話が単純明快で、いつまでも悩まないで済む。清々しい。

精神科ではどうか。患者本人から感謝されるとしたら、右に述べたように、やはりうつ病が多い気がする。統合失調症の一部では本人よりもむしろ家族から感謝される。でも（心の底から）感謝をされるケースの総数は少ない。情けないがそれが実情だ。では感謝をされることは医療者として嬉しいのか。ストレートにそう言えないところに精神科医療の厄介な側面が露呈しているように思われるのであり、じゃあ感謝されない医療とはいったい何なのだ？　それが本稿のテーマである。

精神科では、頑張って治療したり環境調整を図ったり関係者に連絡を取ったりして、とりあえず一段落のところまで持っていっても、だから喜ばれるとは限らない。逆恨みされることすらある。薬漬けにされたとか、精神科医療のレールに載せられたことそのものが負け組への一里塚になったとか、完治しないとか、治療なんか受けなくても時間が解決していたはずなのに、とか。相手の身になってみれば、そんな繰り言もわからなくはないけれど。患者サイドから感謝されようという発想自体が卑しいのだ。でも、人間同士の関係性なのだから、こちらの努力や善意を汲んでくれてもいい気はする。治療費を払っているんだから感謝なんて関係ない、なんて言い方は品性に欠けるだろう。釈然としない部分が患者サイドにあるとしたら、それがうやむやになったまま持ち越される状況そのものが、結局治療がうまくいっていなかったことと同じではないのか。

正直に申して、わたしは患者やその家族に感謝されるのを好まない。心苦しいからである。やたらと頼りにされるのも、褒められるのも嫌だ。あとが怖い。それなりに誠実で「そこそこ」の技量を持つ医者といった評価をしてもらうあたりがいちばんよろしい。「それなり」だの「そこそこ」だのだから、労ってもらうことはあっても「この恩は決して忘れません」「あなたは恩人です」などとドラマチックに言われることはない——そんな程度がちょうどいいのだ。理由を列挙してみよう。

精神科の病気は、クリアカットに、あるいは単純明快に「治りました」とはならないことが大部分である。統合失調症や双極性障害は慢性疾患であり、再燃がいくらでもあり得る。内因性うつ病は性格や体質が関与する部分が大きく、神経症では生育史や人生観が深く関係し、そうした要素まで変えてしまうことは難しい。したがってやはり再燃だか再発のリスクが高い。

パーソナリティー障害は、治すというよりは、せいぜい調整とか「世間との摺り合わせ」を図らせる以外には関与の手立てがない。いずれにせよとりあえずの問題（眠れないだの不安だのイライラするだの死にたいだの仕事が手に着かないだの幻覚妄想が出現しているだの固執がどうにもならないだの感情のコントロールがつかないだの……）を収めることはできても、それで一件落着とはいかない。しっかりと治療をしておきましたから、もう二度とこんな目には遭いませんよ、安心してくださいなどとは決して言えない。「とりあえず」といったショボい状態に持ち込むのが関の山である。

いずれまた似たような症状が立ち上がる可能性が高いのだから、なまじ感謝をされると、再発・再燃時に本人や家族の落胆度が大きくなってしまう。こちらとしてもカッコ悪い。身悶えしたくなる。今日受けた感謝が、将来には気まずさへと変貌してしまいかねないのだから、小心者のわたしとしては感謝なんかされたくないのである。

薬物療法、精神療法、入院、環境調整等々で患者の状態が改善したとしよう。でも実際にはそれが「幸福」をもたらしたと言い切れるか。

統合失調症の患者を治療したら、なるほど奇異なことは言わなくなったし、会話も成立するようになった。でも何だか覇気がなくなり、魂の抜け殻みたいに見えてしまう。表情も乏しい。動作も緩慢だ（旧世代の抗精神病薬では、こうしたマイナスが生じがちであった）。おまけに薬の副作用で著しく肥満し、かつてはハンサムだったのに、もはや過去の面影を留めぬ姿に変わり果ててしまった（新世代の抗精神病薬では、肥りやすいもの、肥りにくいものなど製品によってかなり違いがある）。周囲の人々にとっては、おとなしくなったしトラブルも起こさなくなって一安心かもしれないが、この生彩を欠いた現在体重九〇キロの青年にとって今の状態は望ましいものであったのか。

ハイテンションで騒ぎまくり、まさに躁状態の人を入院させて治療した。双極性障害という診断で、リーマスを中心に薬物療法で落ち着いた。だが、ややうつ状態にシフトした状態で安定しているのである。あれこれと薬を併用してみても、なかなか底上げができない。意欲や忍耐力が抜け落ちてしまった印象がある。「あのエネルギッシュだった人が……」と以前を知る友人が驚いたりもするらしい。けれども、気力はどうやっても持ち上がらない。外来ではいつも「もうちょっと前向きになれればねえ」と本人は弱々しげな笑みを浮かべ、こちらとしては恐縮するばかりである。

パーソナリティーにいささか問題をかかえた女性。ネットの知識で自己診断して、わたしはうつ病ですと受診してきた。精神療法や服薬よりも、休職したことと「わたしは会社の犠牲となってうつ病に至った」というストーリーを得たことによって、症状は軽快し復職した。しかし以後は少しでもつらくなったり意に添わないことがあると、たちまち「うつ病の再発」という落としどころを見出してそこへ逃げ込むようになった。結果として離職せざるを得なくなり、老いた両親の住む故郷に戻り、不満を抱えつつも無気力な生活に甘んじるようになった。当方としては「あなたは、いわゆるうつ病とは違う。考え方、感じ方を変えていかないと人生が萎縮してしまいますよ」と助言したが、彼女の心には届かなかった。結局は精神科医療を受けた事実そのものが、安易な落としどころにお墨付きを与える結果になってしまったのだった。

さきほどとは別の統合失調症の患者。広告会社に勤める気鋭のクリエイターであった。早期に治療がなされたこともあり、陰性症状はほとんど目立たない。ごく少量の抗精神病薬を服用していれば、あとは何の問題もない。ただしそれは表面的なことに限られる。いざ企画会議に臨んでみると、かつては周囲を驚かせるような奇抜なアイディアを次々に発案してみせていたのに、今や風邪薬の広告に「AKB48全員にナースの格好をさせたらどうでしょう」などと凡庸で閃きのないことを平気で言う。仲間たちは互いにそっと目配せしながら困惑している。精神の安定が同時に創造のニューズを遠ざけてしまったようなのだが、今さら「もうちょっと不安定な状態に戻す」というわけにもいかない。わたしとしてはこれもまた運命と受け入れてもらうしかないと考えるが、それでも何だか罪悪感を覚えないわけにはいかない。

過呼吸を呈す若い主婦。症状が起きると実家に帰りしばらく親の元で生活する。「子離れ」できていない親なので、彼らは大歓迎である。頃合いを見計らって夫が迎えに行くといったパターンを繰り返している。客観的には、その主婦と彼女の親とが共依存の形を呈しているのが明白である。彼女も親も過呼吸がなくなればすべてが解決すると主張するばかりで、こちらが共依存を指摘してもそれには耳を貸そうとしない。彼女の夫は、実は妻が実家へ行っているあいだに浮気ができるので現在のパターンを歓迎している。

そんな構図なので、精神科は治療というよりも主婦やその夫や実家の両親の振る舞いを正当化させるためのアリバイ作りとして利用されているにすぎない。それで全員が「しめしめ」と思っているのだから、考えようによってはハッピーエンドではないかと見なすことも可能かもしれない。だがそういった目先の欲望を満たす事案に荷担するのが精神医療であるとは思いたくないのが当方の気持ちである。

——といった次第で、精神科医療は果たして病める人々に幸福をもたらすひとつの手段であるなどと言えるかどうか迷ってしまうのである。治療はいったい誰のためなのか。患者本人なのか、家族なのか、近隣なのか、世間なのか。今現在さえクリアできればそれでいいのか、あるいはもっと人生全体を俯瞰して関与していくべきか。そのあたりが曖昧なのが常であり、だから患者サイドから感謝されたとしてもこちらは素直に喜べない。

幸運にも患者に大幅な改善が訪れたとして、ではそれは精神医療の手柄と言えるものなのか。精神疾患の場合、薬物療法や精神療法が重要であるのは間違いあるまい。でも精神科のドアを潜るといった一大事――いわば人生における「決意」「英断」こそが重要な意味を持つことも少なくない。精神科へ行ったという事実そのものが一種のショック療法的な役割を果たすわけである。家族は「そこまで追い詰められていたのか」と、やっと現実に目覚めるかもしれない。周りの人たちに自省を促したり問題点に気付く契機を与えるかもしれない。ストレスフルで劣悪な環境が明るみに出るかもしれない。オレはとうとう精神科の患者になってしまったという感慨が何かを決定づけるかもしれない。いや、現実にはそうした動きのほうが病気の成り行きによほど影響を及ぼしそうだ。

時間経過も重要な要因であろう。あれこれと試行錯誤をしているあいだに、むしろ時間経過自体が「収まるべき所に収まる」といった結果をもたらすことは珍しくない。結果論からすれば、何もしなくても同じだったかもしれない。

精神科医療が介入することで患者本人を含む関係者全員の腹がくくられ、医療行為が直接大きな成果をもたらしたわけではないものの、最終的には結果オーライとなることは珍しくない。それは間接的ながら医療の肯定につながる話であるが、だからといって感謝をされるのは面映ゆい。

家族を対象に、保健所主催で統合失調症の講演をしばしば行う。前半一時間くらい講義をして、後半の一時間から一時間半は質疑応答に充てる。挙手で質問をしてもらうシステムだと気後れしてしまう家族（ことに高齢の両親）が多いので、受付時にあらかじめ紙を配って質問を匿名で書いてもらう。中休みを挟み、後半で質問にはすべて答える。そんな方式である。

参加者のほぼ全員が質問を書いてくる。ありとあらゆる質問が寄せられるが、やはり多いのは「このような薬を処方されているが、果たしてこれでよいのだろうか」「ちっとも改善しない。こんなことがあり得るのだろうか」といった広義の医療不信に基づく質問である。たしかに「これはちょっとなぁ」と首を傾げたくなるケースもあるものの、処方内容を聞くと「ああ、これはいささか変則的だが、担当医が苦労の果てにたどりついた処方だろうなぁ」と苦笑したくなるものも散見される。いずれにせよ、医療サイドと患者サイドとの交流が円滑に行われていない印象が強い。やはり担当医には遠慮してしまうのだろう。患者という「人質」を取られている（と思っている）からかもしれない。

医療者がどれほど誠意を尽くして丁寧に説明しても、患者サイドはそれをニュアンスに至るまで完全に理解はできないし、気になる点についてどう尋ねていいのかもわからない傾向にある。しかもセカンドオピニオンを望むと角が立つのではないかと気兼ねしてしまう。だからこうした機会に質問が溢れ出るらしい。

患者も家族も、多かれ少なかれ医療サイドに不信感とまでは言わなくとも、わだかまりや疑念を抱きがちである。彼らの期待に十全に応えるだけの結果を出せることは少ないのだから

（ホームランはまずない。バントかデッドボールで一塁に出るのがせいぜいだろう）、まあ仕方がない。となれば、もし感謝をされても社交辞令か、医療サイドの不甲斐なさに同情してのリップサービスの可能性が高い。感謝の言葉をもらっても、それがこちらを惨めにしかねないのである。以上が、わたしが感謝を求めない理由である。

こうなってくると、「じゃあ、あなたはいったい何を励みとして精神科医療に携わっているのか」と問われそうだ。いや、問われたついでに、同業者たちへわたしも同じ問いを発してみたい。まさか彼らが消去法で精神科を選んだわけではないだろうから。

当方が（時々、うんざりしつつも）精神科医という仕事を続けていられるのは、ひとつには「たまにはうまくいくことがある」からである。感謝されるかどうかはともかく、医療行為や介入がうまくいく場合は当然ある。努力や工夫が実を結ぶことはある。「たまに」だから、かえって嬉しい。ささやかな勝利でも、それは慰めになる。

もうひとつは、うまくいったはずなのに患者や家族にとってそれが必ずしも幸せを意味するとは限らない――そんな例を既に挙げたが、それとは正反対に、うまくいっていないように見えてもそれが必ずしも駄目であるとは限らない――そうしたケースに、経験を積むうちに遭遇するようになる。

たとえば共依存。教科書的には、これは感心しかねる状況である。でもこちらが一所懸命に介入しても、多くは成功しない。なぜなら共依存は不健全なりに「安定」した状態であり、人は誰でも生活に安定を望むからだ。我々が共依存に介入する時、いったんその「安定」を突き崩して不安定にし、それからもっと健全で風通しのよい「安定」へと組み立て直そうとする。だがほんの一時的にでも不安定な状態になるのは耐えられない人が結構多い。不安定を味わうくらいなら、不健全であろうと現状維持が望ましいという価値観を持つ人がいかに多いことか。だから介入が失敗するのはむしろ当然なのだ。

精神科のケースは、〈病気VS健康〉といった二項対立では収まらない。さまざまな価値観、奇妙な優先順位、そして意表を突くような理屈が隠されている。つまり常識を揺さぶられ、生きることの意味合い、幸福の定義などを考え直さざるを得なくなってくる。そこで悩むと同時に、「ふうん、こんな生き方もあるんだ」「なるほど、これもまたひとつの解決方法ではあるなあ」などと驚いたり感心する。これが大いなる醍醐味なのだ。当たり前の人生を送っていては決して窺い知ることのなかったであろう思考法や生き方と直面する。もちろん何らかの決着ないし妥協点を見つけ出さねばならないが、こうした体験はまさに精神科ならではのものだろう。

感謝されなくても、ケースを扱うだけで釣り銭がくるぐらいに思えるのだ。

(「感謝されてこその精神科医療、といった図式が成立しない難儀さについて」(『精神看護』二〇一六年七月号)

IV

孤独の断章

救いのない孤独と趣味としての孤独

　ある人が、「わたしは孤独なんです。だから人生が虚しくてたまりません」と訴えるのである。かなり思い詰めた表情で、声にも切迫感がこもり、せめてこのつらさをわかってほしいといった気持ちが伝わってくるのだった。

　この人にとって、孤独は根源的な部分で心を圧迫してくるようであった。苦痛というよりも、自分の存在自体が否定されているかのようなニュアンスが漂っていた。この人は外来通院の患者であったが、「じゃあ、デイケアのメンバーになったらどうですか」と返答すれば済むような話とは思えなかった。

　わたしは性格的に孤独を好む。他人と一緒だと疲れる。疲れ果てるのだ。それなりに気を遣ったり我慢をしたり妥協したり、そうした諸々が嫌なのだ。しかも他人は、それこそ辻斬りのようにいきなり無神経な言葉や残酷な態度でこちらを傷つけてくる場合がある。悪意はないのだろうけれど、かえって悪意がないほうが傷つく。いや、逆に嬉しくなったり感動させられることだってあるだろうに、と反論する人もいるかもしれない。でも、問題は過去に他人からプラスの感情とマイナスの感情、どちらをより惹起させられたかという話に帰着するように思われるのだ。

友人と旅行に出掛けたとして、ホテルはツインベッドの部屋に泊まるか。それともシングル・ルームを二つとするか。前者のほうが楽しいし安くつくじゃないか、と主張する人がいる。わたしはもちろん後者で、寝るときくらいは別々のほうが気が休まるじゃないですかと主張したい。ところがどうも世間的には後者を主張するのは「よそよそしい奴」と見なされるらしい(少なくとも若いうちは)。よそよそしい奴と認定されれば誰も付き合ってくれなくなるので、孤独を好む人間はやがて孤立した人間になっていく。

他人と「つるんで」ばかりいるとバカになる、というのがわたしの個人的な見解である。バカになるというのが言い過ぎなら、人間としての「底が浅くなる」と言い換えても良い。近頃はヤンキーとかマイルドヤンキーなんて呼称が横行しているが、彼らは「つるむ」のが基本姿勢ゆえにわたしは嫌いなのである。

とはいうものの、わたしの孤独はあくまでも「趣味としての孤独」である。淋しくなったり、孤独な状態が自分から現実感を奪っているように感じられたら、すぐにでも自分を世間へと連れ戻すべく相手をしてくれる人間が(少数ながら)ちゃんといる。だから無人島に漂着した船乗りのような孤独さとは意味が異なる。したがって冒頭の「わたしは孤独なんです。だから人生が虚しくてたまりません」と訴えた患者に向かって、「そりゃ変だよ。わたしは孤独を好むし、それが人生に豊かさをもたらしていますよ。孤独であるのと消極的とか無気力であるのとを、あなたは混同しているだけなんじゃないの？」なんて返答したら、それはピント外れどころか、むしろ自分の優位性を考慮に入れない冷たい物言いになるだろう。

あえて我が身を孤独に置いて心を内省的なモードに切り替えるのは、充実感を伴った喜びである。だが内省モードを楽しむためには、精神的な余裕やエネルギーが必要だし、「我に返る」手助けをしてくれる友人や家族といった存在が前提だろうし、あまりにも深刻な現実的悩みを抱えていても駄目である（逃避のために内省モードへ逃げ込む場合はあろうが）。それにものを考えるための訓練もある程度は積んでおく必要がある。孤独を楽しめるのは、いろいろな意味で恵まれた人間なのだ。

内省モードを楽しめないような、すなわち「救いのない」孤独を想像してみると、これはなかなかキツイ。そこでそのようなキツイ孤独につながりそうな二つの光景を、記憶の中から引き出して紹介してみたい。そのあとで孤独について考察しよう。

まず、《駆け落ちとバナナの話》。

小学校低学年の頃、杉並区に住んでいた。近くにショボい商店街があり、ちょうど昭和三〇年代だからまさに「三丁目の夕日」の世界がつましく営まれていた。商店街が尽きると雑草で縁取られた小さな広場があり、そこでバスがぐるりと方向転換をして路線を逆に走って行く。

その小さな広場に接するようにして、空き家があった。もともと店舗だったようだが、今では看板も取り外され、このままでは早晩朽ち果ててしまいそうだった。そんな空き家に借り手が見つかった。では何かの店を開くのか。そうでもない。家賃が格安で、しかも(たぶん)素性が曖昧でも構わないという条件で借り手が現れたらしい。

小学生のわたしにはハッキリしなかったが、今になって考えてみると、どうやら駆け落ちらしき男女がそこに住み着いたらしいのだ。アパートでも借りればいいのに、おそらく身元保証人がネックになったのかもしれない。大人たちは、男女の成り行きについてゲスな好奇心に駆られていた。わたしが大人だったら、やはり面白がらずにはいられまい。

駆け落ちの二人は、家の奥に引っ込んだまま周囲との関係性を絶っていた。疚(やま)しいことでもあったのかもしれない。どうやって生活をしているのかは分からない。二人の姿を見た者はほとんどいなかった。でも夜になると明かりが寂しく点いていたり、誰かがいる気配はある。回覧板を手に町内会長が訪ねてみても、返事すらなかったという。わたしもその家の前を何度も通ったことがあって、何だか怪しいような「いかがわし」げな雰囲気を漠然と感じ取らずにはいられなかった。

そんなある日、家の正面の、引き違いのガラス戸が左右に開け放たれていた。店先に相当する土間には、以前の住人が置いていったのか傷だらけの木製テーブルがぽつんと置かれ、その上にはバナナの山が築かれていた。煤けたみたいな古い家の中で、バナナの山だけがみずみずしく鮮やかな色彩で輝いている。いかにも場違いな光景だった。当時、バナナは高価な食べ物と認識されており、だからそんなバナナだけが山盛りになっていると、盗品かもしれないなどと思わずにはいられなかった。卸売り市場から仕入れてきたとは到底考えられない。

バナナは売り物のつもりだったのだろう。だが他に商品は何もない。おまけに値段が書かれていない。包装紙やそれに代わる新聞紙も用意されていない。しかも店番が誰もいない。奥の障子は閉め切られ、その向こうに駆け落ちの男女が逼塞（ひっそく）しているのだろうが、声を掛ければ愛想良く顔を出しそうには到底思えないのだ。

バナナを買おうとする者は誰もいなかった。わたしは店（？）の前を通るたびにバナナを注視せずにはいられなかった。日毎に、南洋の黄色い果物は輝きを失っていった。茶色い斑点が少しずつ表面に浮き出てくる。斑点はまるで伝染病の皮膚病変のように増えていき、両端は黒ずんできた。やがてバナナはびっしりと斑点に覆い尽くされた。もはや売り物にはなるまい。誰一人客が登場しないまま、バナナは腐敗寸前になっていた。おそらく店内には甘ったるい腐敗臭が充満していたに違いない。やがてある晩、バナナは消え失せ、翌日には男女も姿をくらましていた。

どうにも奇妙な出来事であったが、あの息を殺すようにして隠れ潜みつつバナナを売ろうとしていた二人組こそは、まさに孤独という言葉が相応しい気がするのだ。二人ではあるけれど、状況的には二人一組で孤独に置かれていた。まだ存命だろうか。

もうひとつは、《転倒した青年》。こちらはまだ一か月前の話である。妻がハンドルを握り、わたしは助手席に座って、ウィークデイの昼近くに自動車で井の頭通りを走っていた。ちょうど吉祥寺に差し掛かると信号が赤になった。ふと右に目を向けると、自転車に乗った青年が転倒するところであった。歩道内で、よろけたと思ったら呆気なく倒れてしまった。間抜けな奴だなあと思っていたら、立ち上がる気配がない。おや？　と思った刹那、青年は痙攣を始めた。頭を打ったからかと思ったものの、おそらく頭部打撲はしていないはずだ。そうなると癲癇の大発作か。まずいじゃないか！

人通りは少なかったが、少ないなりに通行人はいる。立ち止まって、呆然として痙攣を眺めている。こちらは信号待ちの状態だし、病人は車線の向こうだから駆けつけられない。誰かスマホで救急車を呼んでやれよと思ったら（わたしはスマホを所持していない）、すぐ近くに交番があり、そこへ通報のため走っていった人がいた。まあとりあえず発作が治まるのを待つしかないし、重積発作になったとしても救急車の領分だろう。信号が青になったので、そのままわたしたちは走り去った。

街中で癲癇の痙攣を目にしたことは今までなかった。病院内では何度も遭遇しているし、いやそれどころか以前はＥＣＴ（ｍ‐ＥＣＴではない）で人工的に痙攣を生じさせて治療をしていたのである。だから大発作なんてちっとも珍しくない。だが白昼の街中で突如として生じる痙攣の非日常性と生々しさは、ある種の恐怖に似た衝撃をわたしにもたらした。怖かったのだ。そしてその怖さには、道行く人々が困惑して立ち尽くしている中で、抜けるような青空の下、激しい痙攣を繰り返している青年に絶対的な孤独を感じたからなのである。あの青年には、気の毒とか大変とか緊急事態とかそういった言葉よりも、孤独という言葉こそが該当するように思えたのである。

忘れようにも忘れられない二つのエピソードであった。そしてどちらに対しても、わたしは「孤独」を強く感じずにはいられなかった。

わたしは趣味としての孤独を好むと既に書いたが、内省モードにつながらないような、空虚でおろおろしたくなるような切実な孤独感はご免被りたい。そんな救いのない孤独感こそが、《駆け落ちとバナナの話》と《転倒した青年》とに共通しているのではないのか。困ったことに、わたし自身もときおり似たような孤独感に取り憑かれることがある。

こうした孤独感をとりあえず「シリアスな孤独」と名付けておこう。自分の経験に照らして、おそらくシリアスな孤独には三つの感情的な要素がある。いわば虚しさに配合された三種の隠し味といったところであろうか。すなわち——①取り返しのつかない気分。②何か自分が根本的な思い違いをしてしまっているような「いぶかしい」気持ち。③よるべのない不安。

シリアスな孤独に、好んで陥る人はいない。でも現実に自分はシリアスな孤独の真っ直中にいる。抜け出すことは出来ない。どうしてこんな状況に陥ってしまったのか、どうすれば脱せられるのか。焦りと絶望とが混ざり合って、自分は何か取り返しのつかないことをしてしまったのではないのか、取り返しの付かない状況に立たされているのではないのか——本人にはそんな絶望的な気分が生じているだろう。

さらに、孤独な状況が持続すると現実感が失われてくる。いったい自分は何をしているのかが「あやふや」になってくる。恨みや嫉妬といったろくでもない感情や、被害者意識だとか絶望感などが止めどなく膨れ上がり、妄想レベルに達してしまいかねない。自分では理屈っぽく思考しているつもりなのに、どこかでニュアンスが変質し、本筋から微妙に逸れ、いつしか根本的な思い違いをしでかしているような「もどかしさ」や「いぶかしさ」を覚えずにはいられない。でもその原因は、主観の世界からは決して見えてこない。

もはや確固たるものがない。今の自分は不幸なのか、それともそれは思い過ごしでしかないのか。尋ねようにも尋ねる相手はいない。誰もがこんな程度の苦しさには耐えつつ毎日を過ごしているのか。それとも自分はとんでもない悲惨な事態に置かれているのか。それすらも分からない。不安だし、よるべない気分としか言いようがない……。

わたしとしては、シリアスな孤独の辛さは以上三点にまとめられるのではないかと思う。少なくともそうしたものを脳裏に思い描きつつ、シリアスな孤独感を訴える患者と対応すると相手とのチューニングを合わせやすい。

《駆け落ちとバナナの話》において、店の奥で息を殺すように潜んでいた二人は、一緒にいられる喜びよりも「取り返しのつかない気分」に支配されていたに違いない。どうにか現状を打破しようとバナナを売ろうと画策したものの、それはあまりにも馬鹿げた、むしろナンセンスさと痛々しさのブレンドされた行為にしかならなかった。かれら自身も、何だか間違ったこと、おかしなことをしているとは薄々思ってみたがどうにもならない。そうした自分への違和感や猜疑心（さいぎしん）は、相当に居心地の悪いものである。そして自ら選んだにせよ孤立無援の二人は、まさに虚空に放り出されたような「よるべなさ」を味わっていたはずなのである。

《転倒した青年》において当人は意識を失っているから、なるほど孤独感は感じなかっただろう。しかしその代理として、目撃者であるわたしがシリアスな孤独を感じることになった。人前で発作を見せてしまったことで、周囲はもはや自分を以前のように「普通」と見ることはあるまい。よりにもよっていきなり発作に見舞われてしまう自分は、何だか間違った存在なのではあるまいか。発作を起こしたときに人々は同情よりも恐怖を感じてしまうらしいことへの悲しみと寂しさは、よるべなさに直結する。そのような代理体験としての孤独感にはわたしの偏見に近い感情も織り込まれているが、良し悪しとは別にだからこそそれが現実だとも言えよう。青年も意識を取り戻してから、じっくりと間接的な形でわたしが代理体験したシリアスな孤独を反芻（はんすう）していくのではないだろうか。

「わたしは孤独なんです。だから人生が虚しくてたまりません」との訴えには、まぎれもなく《駆け落ちとバナナの話》や《転倒した青年》に通底するさきほどの三つの要素が混ざり込んでいると思う。ならばそれにはどのように対処すれば良いのだろうか。

正論で申せば、三種の隠し味それぞれについて自ら吟味してみるといった話になろうが、それで自己救済にまで漕ぎ着けられる可能性は低いだろう。問題は、シリアスな孤独に苛まれている人は往々にして「虚しい、虚しい」と呪文のように「虚しい」を連呼しがちなことである。虚しさには思考停止を促す作用があるらしい。

そんな次第で、わたしが助言をするとしたらせいぜいこんな台詞になるだろう。

「孤独で、だから虚しいってあなたは言うけどさ。たくさんの他人と一緒でも虚しいことだって珍しくないんだよ。基本的に人は虚しさに囚われるように出来ていると思うなあ。それに囚われないように、みんなやたらと忙しがったり、生活が充実しているとアピールしたがったり、何かに没頭したり、とにかく自分を誤魔化しているんですよ。虚しいと感じるのは敗北でもなければ異常でもない。まずはそれを肝に銘じながら世間を眺めてみたらどうですか。誰もが虚しさから目を逸らそうと必死になっている姿が見えてきますから。滑稽だよね。それを苦笑しながら肯定できるようになったら、あなたは今の状態から変われると思いますね」

「「孤独で虚しい」と相談されたら」(『精神看護』二〇一六年三月号)

「居場所がない」という感覚とは何か

社会、あるいは世間を生きていくうえで、大人であろうと子どもであろうと人間にはおそらく二種類の居場所が必要ではないだろうか。それらがあってこそ心は安定し、不安を覚えることなく平穏な生活を営んでいくことができるはずだ。その二種類とは、①母港としての居場所、②役割分担としての居場所、となる。それぞれについて説明していこう。

まず①である。漁船は母港を後にして大洋に乗り出し、漁を終えるとまた母港に戻ってくる。帰港し、しばらくぶりに地面を歩いて足元の確かさに安堵し、家族や顔見知りと再会して人生の喜びを実感する。同じように人は家という母港から学校や職場に出掛け、あるいは買い物や所用や旅に赴き、やがて帰宅する。その場合、家は単に眠ったりくつろいだり食事をするため「だけ」の場所ではないだろう。もっと根源的な安心感を与える場所として機能する。

詩人で作家の小池昌代が、「家について」と題するエッセイでこんなことを書いている（『黒雲の下で卵をあたためる』所収、岩波書店、二〇〇五年）

外出していて、気分が悪くなることがある。そういうとき、わたしはとにかく家に帰りたくなる。家に帰ってもよくはならないかもしれないのに、動物の本性で、ひとりになりたくなる。そしてその場所は家でなければならない。そこに帰りつけば、何とかなるような気がする。死ぬときもきっと、そう思うのだろう。

帰巣本能という言葉が示唆するように、わたしたちは〈家＝巣〉を自分の存在の拠り所にする。家には家族がいるかもしれないけれど、家族が何もかも解決したり保障してくれるわけではない。結局は家の中の奥の奥、すなわち孤独こそを母港とすることになる。ただしその孤独は、家や家族に守られた孤独であることに意味がある。孤立無援としての孤独ではない。

小学生の頃、ときおりわたしの家に立ち寄るAという級友がいた。親友ではない。が、彼は一人でいきなり現れる。そして当方と遊びや会話に興じることはほとんどない。部屋の隅に座り込み、こちらが所有しているマンガを黙って読んでいくだけである。コーラや菓子を出すと、当たり前のように飲み食いする。そうやってぐずぐずと時間を過ごし、やがて外が暗くなり、台所で母が夕餉（ゆうげ）の支度をしている気配が音や匂いから伝わってくる。さすがにその頃になると、Aは「それじゃ」と素っ気なく言って帰っていく。

わたしは一人遊びが好きなタイプで、友人が少なかったしそのほうが気楽だと考える子どもであった。いっぽうAは、仲間外れにされているのではないものの、人と打ち解けようという姿勢がない。人を近づけたがらない印象があり、いまひとつ「得体の知れない」ところがあった。勉強はかなりできた。

そんなAがわたしの家にしばしば来るのが不思議であった。こちらは彼を勝手にさせたままマイペースで本を読んだり宿題をしたりしていたのである。Aをことさら歓待しないかわりに、嫌がりもしなかった。

後日、Aがいわゆる「鍵っ子」であるのを知った。自分の家に帰っても、誰もいない。犬も猫も小鳥もハムスターもいない。食事はラップを掛けて冷蔵庫に用意してある。テレビもあるし、わたしが定期購読しているのとは別のマンガ雑誌もある。考えようによっては天国である。口やかましい親もいないし、鬱陶しい同胞もいない。

ではAは、寂しいからわたしの家に寄り、日が暮れてもなかなか帰ろうとしなかったのだろうか。どうもそんな単純な話ではなさそうだった。精神科医になりさまざまな家庭を見聞きしてきた今になると、Aの気持ちについてある程度見当がつく。

おそらくAにとって彼の家は、空虚感そのものだったに違いない。親の笑顔や「お帰りなさい」の声がないといったレベルではなく、自宅はAを拒みはしないものの守ってもくれない。

生きている実感も安心感も提供してくれない。そこは彼にとっての居場所という積極的な機能を持たず、ただの凹みや窪みに近い空虚な空間だったのだろう。「そこに帰りつけば、何とかなるような気がする」場所ではなかったのである。わたしの家で過ごすことで実感する「親しみを含んだ無関心さ」は、こちらの想像以上にAが望んでいたものだったと思われるのだ。

なるほどAに居場所（のようなもの）はあった。当然のことながら、ちゃんと帰るべき家はあったのである。しかしそれは物理的な空間としての「家」でしかなく、決して居場所ないしは母港と呼べるものではなかった。

居場所とは、安全な気持ちや安心感を与えてくれる――つまり、（象徴的な意味で）傷つき疲弊した心身へ優しく頼もしく働き掛けてくるような場所であると同時に、慣れ親しんだ感覚、馴染み深い気分を覚えさせてくれる場所でもある。馴染み深さは、おそらくそこが自分という存在と淡く溶け合っていると心の奥で実感しているからであり、だからわたしたちは居場所に戻ることで、特別な理由などなくても肯定感を与えられる。さきほどから引用している「何とかなるような気がする場所」とは、つまり肯定感の漂う場所のことなのである。

Aがわたしの家に立ち寄ったとき、彼にとって「親しみを含んだ無関心さ」こそがリアルな肯定感と思えたのではないだろうか。わたしが熱心かつ親しげに彼に語り掛けたり、せっかくだから夕食を一緒にしていけなどと提案したら、あるいは当方の母が優しい声でAに何か困っていることはないかと問い掛けたなら、それはもはやニセモノめいた肯定感と思えてしまったのではないだろうか。

虐待の行われるような家が居場所になるはずがない。そんなことは誰にでも分かる。では団欒や家族旅行が用意され、誕生会やハロウィンやクリスマスパーティーがきちんと行われるような家庭が自動的に居場所になるかといえば、決してそうではない。

さきほど、「結局は家の中の奥の奥、すなわち孤独こそを母港とすることになる」と書いたのを思いだしていただきたい。本当の居場所とは、安心して、惨めな気持ちにならずに孤独に浸り、秘儀のようにそっと肯定感を召還する場所のことなのである。押しつけがましいフレンドリーさや虚ろな陽気さ、嘘くさい絆やテンプレートめいた家族イベントなど、むしろ過干渉としか子どもには感じられないかもしれない。いやそれどころか孤独になる作業を脅かすと思うかもしれない。そう、子どもは容易にニセモノに騙されたりはしない。

親たちが自分自身に対して肯定的な感覚を持っていられなければ、家は居場所としての機能を果たせないだろう（いささか飛躍した言い方になるかもしれないが、肯定感といったものは他人への浸透力や伝染性が予想以上に強いと考えたほうが正解である）。自己肯定できない親たちが営む家庭を形だけでも母港とせざるを得なくなるとき、子どもたちの感覚はどんな具合に変化するだろうか。

何とかなるような気がする場所、肯定感を覚えることができる場所——そのような場所を持てないままでいると、人の心は「のびやかさ」を失う。硬く冷たく萎縮する。

漠然とした不安につきまとわれ、おおらかで楽天的な感覚を持てなくなる。悲観的、虚無的に考えは傾きがちとなり、結果的に積極性が乏しくなる。わたしたちは実生活において宙ぶらりんの状態に置かれることが多いが（いくら頑張っても結果がどうなるかは運次第とか、事の成り行きに任せるしかないとか、とにかく今はあれこれ言わずに努力を重ねるしか道はないとか……）、そんなときにじっくりと「待つ」ことができなくなる。短気になり、衝動的になり、自暴自棄にすらなりかねない。それは不安感や、楽天性の欠如と表裏一体をなすものであろう。根気よく、こつこつと積み上げていくことも苦手になりやすい。結果として、豊かでみずみずしい人生を営み難くなっていく。

登校拒否とか引きこもりのケースはどうであろうか。彼らは母港へ待避しているような気分でいるのか？　心の傷を癒やしている最中なのだと自覚しているのか？　今現在を、人生を仕切り直すためのプロセスと考えているのか？　いずれもがノーである。現状が何とかなるとは到底思えず、肯定感を覚えることもできず、すなわち居場所がないと感じつつ意固地に自宅で息をひそめ、身を縮めている。ただそれだけ。時間だけが無意味に過ぎ去っていく。そしてそんな状態においては、おおむね両親もまた楽天性や肯定感を失い、互いに負の影響を与え合う悪循環に陥っているのが常である。

こうした状況はかなりまずい。たとえ子どもが気力を振り絞り外へ出て行こうと考えたとしても、親の心が不健康な状態にあると、子どもはあたかも親を見捨てて出て行くような不安感、罪悪感に駆られがちだからである（子どものほうが親を見捨てるなどと書くと奇異に思われるかもしれないが、子どもの主観としてはそのように感じがちなのは確かである。さらに言い足すなら、子どもは予想以上にたやすく罪悪感を覚えてしまいがちのようである）。母港とは、出て行くのも戻ってくるのも自由にできるからこそ母港なのである。親の心から「のびやかさ」が消えたとき、もはや家は居場所でも母港でもなくなり、ときにはブラックホールにすらなりかねない。

さて、②の「役割分担としての居場所」についてはどうであろうか。

理想主義的な文脈でアイデンティティーとか自分探しめいたテーマが取り沙汰されることがあるが、もっと下世話に捉えるならば、どうやら人は自分が今生きている環境において何らかの役割を分担していると実感しなければ、たちまち「よるべない」気分に陥りがちのようである。役割を担っていないと、（無意識のうちに）自分が存在する権利だの意義がなくなってしまうように感じられてしまう。

典型的なうつ病患者では、病気ゆえに働くことのできない自分を恥じ、自身を無価値と判断する。そんな駄目人間の自分には治療を受ける資格もないし生きていても周囲に迷惑を掛けるだけだと思い詰め、ときには自殺すら企てたりする。うつな気分がつらいというよりも、自分はこの世の中において事実上何らの役割をも分担していないという自分自身への過小評価が、気まずさと孤立感を異常に高める。それこそがうつ病の苦しさの核心である。

役割を担っているといった安心感がないと、遅かれ早かれ人は「うつ」っぽくなっていく。それは大人であろうと子どもであろうと同じである。

ただし、幼い子どもの場合で述べるならば、たんに「自分はこの家の子どもである」という事実だけで自己肯定が可能になるかもしれない。可愛さ、利発さ、活発さ、特技などが加われば、自分はもう十分に子どもとしての役割をまっとうしていると自覚できるだろう。すなわち、彼らは居場所がちゃんとあると実感できる。ただしそうした安心感は、親が冗談半分に「お前は橋の下で拾った子だ」と言っただけで揺らいでしまうような脆弱性をも併せ持っているが。

学童くらいになれば、親の期待に応えられなかったとか、学校で仲間外れになったりイジメの対象になったり、自分なりの目標をクリアできないことによって、自分は与えられた役割を果たせていない——そんな自分に居場所はないといった感覚に囚われるようになる。幅広い視野で自分を捉え直す技量をいまだ身につけていないぶん、かえって子ども自身にはシリアスとなりかねないのである。

子どもに一所懸命に作業をさせるには、役割を与えさらに責任を持たせるのが常套手段のひとつであろう。そのことによって彼らは自分を一人前に扱ってもらえたと誇りを持ち、役割分担としての居場所を獲得できたことで安心感と充実感を味わうことが可能になるからだ。大人さながらの口調で「ああ、忙しい」と愚痴をこぼすとき、なぜか彼らの目は輝いている。

グループを作ると、まるで分光器に自然光を透過させたかのようにキャラクターが分かれる。早い話が、のび太役、しずかちゃん役、スネ夫役、ジャイアン役、出来杉役といった具合に、いつしか勝手に役割分担がなされるわけだ。そうやって皆が自分の居場所を確保する。あまり嬉しくないキャラクターが割り振られることになっても、無視されるよりはマシといった結論に至るようである。考えてみれば、どんな人間にも多かれ少なかれあらゆるキャラクターの要素が潜在しているのである。だから成り行きで自ずとキャラクターに分かれる。

人は集団の中で自分の居場所をどうにかして見出さずにはいられない。いや、大概は自然にその営みは進行し、その過程を通して自分らしさを自覚していくのではないだろうか。自分が何らかのキャラクターを担うことになるという事実は、自分に対して客観性と主観性の中間あたりの視線を獲得するということでもある。

イジメとは、集団からの追放である。あるいは、イジメられ役というキャラクターを無理矢理に押しつけることである。つまり居場所を失って困惑するか、イジメられ役という屈辱を甘受するかの二者択一を強いられるわけで、そのことだけでもイジメの残忍さが見て取れよう。

しかし人間には、ある種のふてぶてしさも備わっている。右に述べたような状況に追い込まれたとき、「二者択一を迫られて苦境に立つわたし」というキャラクターを自分は担っていると考え、それを演じきってしまう方法だってある。実はわたしはそういった発想で事態を乗り越えてきた経験がある。まあそのためには「変人ですが、何か？」と居直れるくらいの図太さは必要だが。

結局のところ、「居場所がない」という感覚によって人は「良い意味での孤独」を体験できなくなる。孤立無援の不安や不満、怒りや恨みや無力感や自暴自棄に囚われることはあっても、自分自身と真摯に向き合う機会としての孤独、自己肯定とペアになった孤独を味わえなくなる。そのとき人は、世の中の表面的な部分のみによって右往左往させられる人生を送ることになるだろう。分かりやすい価値観（金とか地位とか学歴とか外見とか）、ステレオタイプな生き方で居場所を得たという錯覚を覚えるしかなくなってしまうだろう。

衣食住が確保されようとも、だから人は居場所があると思えるわけではない。母港としての居場所、役割分担としての居場所――双方を得ることによってやっと人は「矜持を持って」生きていける。

（「「居場所がない」という感覚とは何か」（『児童心理』二〇一七年九月号））

自己救済としての家づくり

精神を病んだ人たちの家を訪問すると、家のたたずまいや室内の様子には何か独特のものがある。ことさら異常極まりない雰囲気というわけではないが、どこか脳内と室内とは照応しているように感じられる。

病んではいなくてもツキに見放されたり人生が順調に進んでいない人も、やはりそれが家屋に反映しているように思える。どんなに風通しがよく採光に恵まれていようとも、空気は鬱滞し淀んでいる。散らかり具合や汚れ具合にも、独特な投げやり感がまとわりついているように見えてしまう。廃屋や廃墟を眺めたり撮影するマニアたちも、そうした負の残響を一種の物語として堪能したいのではないだろうか。

わたしは六〇を過ぎてからしばらくの間、体調も悪いし気分も塞ぎ、やることなすこと裏目に出てばかりで、まさに低迷状態にあった。それに加えて両親も亡くなり、当方はひとりっ子でしかも子どもがいないゆえに、遺伝子的には完全な袋小路となった。その事実もよるべない気持ちを際立たせる。

いっそ「うつ病でした」となれば誇らしげに闘病記でも書くところだが、性欲も食欲も物欲もあるし、他責的ではあっても自責的ではないので、うつ病の可能性はない。薬を飲めば救われる、といった話にならないわけだ。仕方がないので占い師のところにも行ってみたし、自力で人生を好転させようと頑張ってみたものの、低迷状態に変化は訪れない。屈託はあっても自殺する気にはならないあたりが、精神の健康度が保たれている証拠なのか、それとも単に甘っちょろいだけなのか。自己嫌悪だけが膨れ上がっていく状況であった。

独居していた母が死んで、長いこと両親が住んでいた武蔵野市のマンション（最寄駅は三鷹）を相続することになった。一〇〇平米はあるから広いほうだが、マンションそのものが古い。売り払ったとしても大した額にはなるまい。わたしが妻と住んでいた神楽坂の賃貸マンションは家賃がかなり高い。貧困妄想になりかけていたので、家賃ゼロの親のマンションに住むことに魅力を感じないでもない。

だが、ちょうど三鷹駅の北口にタワーマンションができ、そこに女性評論家のU女史とか著名なカウンセラーのN女史が入居したことを知った。わたしは彼女たちと親交もなければライバル関係でもないが、古いマンションにこちらが移り住んだとして、そうすると彼女たちに高層マンションから見下ろされているような気がして何だか面白くないのである。そういった発想に陥るあたりがまさに落ち目の証拠で、だがもともとひがみっぽいわたしはついそういった精神的逸脱をしがちなのだ。

ところでわたしは夜ベッドで寝る時電気を消して眠りにつくまでの間に、しばしば「理想の家」を夢想するのがささやかな楽しみとなっていた。学生時代からそうである。べつに理想の家はゴージャスな家というわけではなく、詩人で建築家でもあった立原道造（1914-1939）が自分の週末用住宅として設計したまま夭折によって頓挫してしまったヒアシンスハウス（たった五坪の家で、最近さいたま市の別所沼公園に有志によって実際に建設された）とか、思索書『森の生活』を書いたヘンリー・ソロー（1817-1862）がウォールデンの池の畔に建てた小屋とか、江戸川乱歩の「屋根裏の散歩者」の舞台となったアパートとか、そういった家々に無限の興味が掻き立てられるということである。

神楽坂のマンションの近くには、古いビルの中に「キイトス茶房」という古楽器によるバロック音楽がいつも流れているブックカフェがあり、こういった雰囲気の家に住んでみたいとも思っていた。外国の雑誌を見ていたら、かつては銀行の支店だった石造りの建物を改装して住んでいる俳優とか、廃業した映画館に住んでいるアーティストなどが紹介されていて、いつか自分もそんなところに住んでみたいと熱望したりもした。

リノベーションというのを知ったのはつい最近である。単なるリフォームはいわば新品の状態に戻すために行われる。が、リノベーションでは、マンションならば壁も床も取り払ってコンクリートの筐体にまで戻し、水回りや電気配線なども取り替え、間取りの変更も含めて徹底的に作り直す。ただし新品のぴかぴかをよしとするのではなく、ことにインダストリアルと呼ばれるインテリア様式においては、あえて天井はコンクリート剥き出しの状態で配管やダクトが見えるようにしたり、古材や解体現場から調達した煉瓦を使ったりする。傷がついたり錆びたりペイントの剥がれたスチール、くたびれた木材、黒ずんだ鋳物などを主役にした無骨で無機質な、まさに昔の工場を連想させる家作りだ。

リノベーション専門の工務店もありホームページを見ると、わたしの価値観において「カッコイイ」室内があれこれと紹介されている。タワーマンションのモデルルームみたいな成金趣味ではなく、いわば古着をセンスよく着こなしたりアンティークを独自の美学で暮らしに取り入れるような姿勢で作られた住まいである。

というわけで、古民家をベースにした西荻窪の松庵文庫というブックカフェを手掛けたデザイナーと工務店に、リノベーションを依頼した。女性のデザイナーで、彼女には「ブルックリンの古い印刷工場を改装して住んでいる辛辣なコラムニストの家」というのをイメージして設計してくれと頼んだ。武蔵野市のブルックリン（！）である。まさに妄想そのもので、しかしそのくらい現実離れした家でなければ、もはや自分を再生できないような気分だったのである。

打ち合わせを繰り返し、古道具屋で一九五〇年代にカナダの工場で使われていた照明器具を手に入れたり、目黒通りの家具屋を見て回ったり、妻と楽しい日々を過ごした。

フローリングにしても板材の幅や色合いなどを決めねばならない。普段は優柔不断なわたしだが、こういったことは趣味がはっきりしているので（しかも長年の入眠前の夢想において散々検討しているので）、さして悩まない。おまけに親が残した金銭はリノベーションに使い切ってしまうつもりだったので、予算にも悩まない。

いざ工事が始まると早いもので、三か月で完成した。自分で言うのもどうかと思うが、ホントにカッコイイのである。古煉瓦の壁も長さが一〇メートルに及ぶと結構な迫力になるし、黒っぽいフローリングはギャラリーみたいだ。ちゃんと自分用の書斎を造り、段ボール一〇〇箱分の本が収容できる棚を作り付けた。まさに書庫という感じで、中にいるだけで愛書家としては気分がよろしい。終日引きこもっていたくなる。

自慢話を延々としても意味がないが、設計の段階で留意したことの一つは、薄暗い家にしてくれという条件であった。わたしは明るい家が大嫌いだ。屋内の隅々まで外光を取り入れたがったり、蛍光灯の安っぽい明かりで室内を煌々としたがるセンスが理解できない。欧米の古くて重厚な建物はどれも薄暗く、それが芳醇さとか落ち着きにつながっている。間接照明がもたらす秘密めいた感触をなぜ取り入れないのか。というわけで、わたしの家は夕方がいちばん楽しい。次第に外が翳(かげ)ってくると、外と屋内の暗さがちょうど同じになる。〝逢魔(おうま)が時(どき)〟というやつで、そのどこか妖しげな雰囲気が、当方の胸に宿る鬱屈を慰めてくれる。

かつて親が住んでいた家をリノベーションし、つまり過去の記憶など完全に拭い去ってわたし好みの家を「上書き」して住むことには、個人的にはかなり重要な意味があるのだ。それを箇条書きにしてみれば――

①反りの合わなかった親に対する、あからさまな決別宣言。

②今度こそ、徹頭徹尾、自分の思い通りにものごとを決めたいという願いの実現。

③家を理想に近いものとすることで、自分の心も「よりよいもの」に変えられるのではないか。

④将来、自分は(施設か病院でなければ)この家で息を引き取る可能性が高い。ならば、なるべく自分好みの空間を誂えておきたい。

⑤いじましい自己顕示欲。

――といったあたりであろうか。

いまだにわたしは両親、ことに母親に対して複雑な感情を抱いている。彼女は支配的で気まぐれで、息子とは違って美人で華があり、しかも買物依存や薬物依存の傾向があった。アルコールとブロバリンで呂律が回らない状態でトランプの独り遊びをしながら中学生の独り息子に延々と絡む、といった口常は養育者として問題だろう。少なくとも理屈からすれば、わたしがパーソナリティー障害になっても当然であり、いわばボーダーラインを目指してのエリート教育を受けてきたようなものである。当方が臨床の場でＢＰＤ（境界性パーソナリティ障害）に対して冷淡な態度を取りがちなのは、近親憎悪に近いのだろう。

個人的には「毒親」なんて思っていないが、六〇歳を過ぎてもなお、母親に認めてもらえるようでなければ何の意味もないといった発想に取り憑かれてきた。結婚後も母の影は心に覆い被さっていた。彼女が死んでもなお、呪縛は続いている。こうなると、決別のためのセレモニーが必要だろう。それが今回のリノベーションにつながる。しかもわざわざ親の残した金を使い切ることに意味がある。もちろん他人からすれば「いい気なもんだ」となるだろうが、これは個人的な、そして切実な儀式なのである。

あえて言うならば自傷行為に近い。きわめてプライベートであると同時に、周囲に見せつけずにはいられない。だからこうして文章にすら綴っている。そしてリノベーションにおいてここまで自分の趣味を貫徹させたことにも意味がある。ここはオレの家だ（もちろん妻の家でもあるが）。母の住んでいた家と全く異なるものに変身させたことで、しかもそこで暮らすことで自己肯定を図りたいのだ。

自己肯定が叶えば、おそらくわたしから発散されていた黒々としたオーラは影を潜めるだろう。結果として、周囲との関係性もよくなり、積極性も増し、心に余裕が生じ、そうなると運気は好転するだろう（たぶん）。そのままこれからの人生が豊かになっていけばこんなに嬉しいことはない。自身の趣味や意向を反映させた空間は、デザイナーが介在しているにせよ自己表現そのものである。我が脳内を、建築に託して曝している。それは恐ろしいことであると同時に、マゾヒスティックな快感を伴っている。いじましい自己顕示欲であるが、暮らしを通して改めて自分の無意識にコミットする方法でもある。

自分の人生に対するいささか大規模な「憂さ晴らし」であり、一つの決着であり、さらにはあまりにも遅きに失した通過儀礼でもあった。

いやあ楽しかったしスッキリしましたね。おかげで運気も上昇して、やることなすこと大成功やら僥倖ばかりとなれば万々歳だけれど、さすがにそんな気配は（まだ）ない。

それにしても、本稿のタイトルには自己救済などと大げさな言葉を使っているものの、所詮これは道楽でしかあるまい。ただし道楽イコール不真面目とか遊び半分とは限らない。なにしろ神経症レベルの精神疾患もまた一種の道楽である、とわたしは密かに思っているのだから。

「自己救済としての家作り」（『精神看護』二〇一六年一月号）

快気祝いと絶好調

講演のために東北まで行った時のことである。ホテルのロビーに、本日の会合や催し物が黒い板に白い文字で書かれ掲示されていた。〈××社創業五〇周年パーティー〉とか、〈ナントカ先生喜寿の会〉とか、〈〇〇工業新製品発表会〉などというやつである。ぼんやり眺めていたら、〈△△快気祝いの夕べ〉というのがあった。

いったい何歳なのか知らないけれど、△△氏（おそらく地元の名士なのではないか）の病気が良くなって退院したのだろう。そこで、家族が見舞いに来てくれた人や世話になった人を招いて感謝と喜びの宴を開くことにしたのだろう。手術を受けたのだろうか。リハビリも込みでの入院だったのだろうかと、どうでもいいことなのに気に掛かる。

自分の患者さんが退院する時に、家族が嬉しそうに「おかげさまですっかり良くなりました。つきましては、お世話になった皆様をお呼びして快気祝いを開きたいと思います。ぜひ、いらしてくださいね」などと言い出したらどうだろうか。おそらくわたしは、引き攣った笑顔を浮かべつつ困惑してしまうだろう。まあ現実には精神科へ見舞いの客が次々に訪れるなんてケースはほぼ無いから、余計な心配をする必要はないのだろうが。

精神科の場合、手術が成功したとか感染症の治療が終結したとかリハビリで運動機能を取り戻したなどのように、医療者側が「勝利宣言」を発するのはなかなか難しい。なるほど確かに患者は落ち着いたし言動もしっかりしている。でも再び社会生活に戻った場合、以前に比べてタフさがなくなったり、微妙にぎこちなくなっている場合がしばしばある。些細な契機で再燃したり、調子を崩しがちにもなる。場合によっては人柄が変化している場合すらあり、正直なところ「ま、とりあえず調整はしときました。また具合が悪くなったら早めに連絡してくださいね」といった感じである。ハッピーな快気祝いには該当しない状態である。

退院後、それまでとはちょっと生き方を変え、無理をせず自分なりに生活を仕切り直していただく。家族は患者に対して微妙な違和感を覚えるかもしれないが、むしろ入院前のほうが自分を偽っていたり不自然な暮らし方をしていたと考えるべきなのかもしれない。いずれにせよ、快気祝いに値する状態とはいくぶん異なる文脈で精神科を退院するケースのほうが多いのである。そんなことを思って、ホテルのロビーでわたしは気まずさに囚われてしまったのだった。

外来で患者さんが口にする言葉の中には、医療者をうろたえさせるものがある。どんな台詞に動揺するかには医者によって個人差があるかもしれないが、たぶんわたしは鈍感なほうである。怠惰な上に鈍いのだ。だから、「死にます」などと言われると焦るよりは反射的に「面倒だなぁ」と思うし、「わたし、これからどうしたらいいんでしょうか」と迫られたら「うーん、どうすればいいんだろうねえ」などと脱力系になってしまう。そんな当方であるが、さすがにこの言葉には「ぎくり」とする。

「絶好調です!」

妙に明るい声で「絶好調です」などと言われたら、たちまちこちらの心には暗雲が広がり頭をかかえたくなる。なぜなら、当人は爽快感や高揚感に酔っていても、それは軽躁状態や激しい不安の裏返し、あるいはきわめて不安定な情動を示唆していることが多いからである。どんなトラブル(暴力沙汰やクレーマー行為なども含めて)、どんな「早まったこと」(早とちりや思い違い、フライングを含めて)、どんな突発行為(不意の自傷や自殺を含めて)が生じるかわからない。そんな危うい状態のサインだからである。

慌てたわたしは声をひそめつつ、相手に薬を増やすとか変更するとか、そういった提案をおずおずとするだろう。でも患者のほうは拒否をする。せっかく気分最高、絶好調なのにどうして今の状態を維持しようとしてくれないのか。ドクターは患者の味方のはずじゃなかったんですか? そうやって反論してくるだろう。なるほどその気持ちには無理からぬところがある。ましてや休息入院を勧めたら、「ふざけないでください」と怒り出しかねない。こちらの懸念を懇々と説いて聞かせても、笑って受け流すか不信感を露わにするかのいずれかになる。コミュニケーションが断絶してしまうわけである。

おしなべて、「うーん……、いまひとつかなぁ」「もうちょっと元気になれればベストなんですけどね」「このあたりで妥協するしかないですかねえ」などと患者さんにいくぶん不満が残るくらいの状態こそが、客観的には安定している気がするのである。もし自分が患者サイドに回ったとしたら、おそらく笑顔が絶えず積極的で「物怖じ」しないキャラに自分を設定し直してほしいと思いそうな気がする。病んでいた自分を脱するついでに、もうちょっと明るくてエネルギッシュな人間に変身したい、と。心を病むことに意味があるとすれば、それは今までの自分を変えるチャンスということではないのか、などといささか前のめりな発想をしてしまうだろう（そうでなければ、病んだ事実が貴重な人生経験として機能しないじゃないか）。

基本的に、人間は日々の生活において若干「うつっぽい」方向にシフトしているのではないだろうか。そのほうが堅実かつ控え目で、過ちが少ない。無難に生きていける（だから、まっとうに生きている人間は、常にどこか物足りなさや不全感を微妙に覚えているものなのだ――そんなふうにわたしは考えている。それが当方なりの人生観なのである）。躁にシフトすると、自分では調子が良いと感じてもミスをしやすくなる。仕事が雑になり、見落としが増え、余計なことに手を出し、思ってもいなかった失敗をしでかしがちになる。しかも失敗しても謙虚になれず、信用を失う。総じて羞恥心や自制心が薄れる。というわけで、あれこれと不満を残しつつも、微妙にメランコリーに包まれていたほうが信用するに値する人間でいられる。

けれども〈うつ寄り〉の状態は、患者に不満をもたらすだろう。客観的にはそれくらいがベターであっても、人間は勝手な動物なのである。いっぽう〈躁寄り——自己肯定感たっぷり状態、全能感フルスロットル状態と呼んでもいいかもしれない〉となれば、本人的にはハイであっても客観的には六階建てのビルの屋上の手すりの上でダンスをしている人物のように危なっかしい。このように主観と客観との落差は宿命的なものであり、だから医者がついパターナリズム（家父長的温情主義。別名、わしの言うことに素直に従っておれば間違いはないんじゃ主義）に頼りたくなるのにも無理からぬところがある。

Fさんという主婦がいた。前医がうつ病として治療していた。わたしが外来で引き継いだ時点では、神経症の抑うつ状態と思われた。もしかすると、以前は確かにうつ病であったのが、それは薬物治療で改善したものの本人を取り巻く状況が悪化してしまい、その結果として病気はいつの間にか神経症にすり替わり、しかし現象的にはまぎれもなく「うつ」が持続しているといった状態だったのかもしれない。

医師の立場としては、抗うつ薬の減量ないしは中止を実施したい。既に抗うつ薬は二種類投与されており、だが他の薬剤も多剤大量となっている。抗不安薬は二種類出ているし、気分安定薬も二種類処方されている。眠剤は三種類。合計九種類の向精神薬なんて尋常ではない。という次第で是非とも処方の整理をする必要がある。

ところがFさんは薬を減らしたがらない。こちらから説明を何度試みても、「でも……」という一言で覆されてしまう。実際、無理に減らすとたちどころに具合が悪くなってしまうのだった。薬理作用の問題ではなく、思い込みがなせる結果だろう。家族は、処方が重過ぎるからFさんは良くならないのだと信じている。重過ぎるのが根源的な問題ではないと思うが、調子がよろしくないのはその通りである。夫が実際に文句を言いにきたことがあるので事情を伝えても、彼は苦々しげな表情のままであった。

事故に遭って骨折し、リハビリを兼ねて彼女が二か月ばかり整形の病院へ入院したことがあった。入院中に、松葉杖でわたしの外来を訪れたことがあり、その時には驚くばかりにすっきりした顔をしていた。本人が言うには、大部屋で一緒だった婦人患者たちの「おばちゃんパワー」に感化されたから、という。この時ばかりはFさんも減薬を認め、処方をスリム化することができた。やはり家庭に問題があり、だから入院によって家から離れたことで精神症状が好転したのだろうと推測された。

でも退院して家に帰ると、たちまち元の木阿弥(もくあみ)となってしまった。こうなると一時的にでも別居を考えたほうが得策ではないか。だが諸般の事情からそれは叶わない。薬よりもカウンセリング的なアプローチが重要なケースだけれど、どうやら内省する力や言語化能力が低いようで全然うまくいかない。大の希望もあって、「当院は薬に頼らない医療を目指しています」と豪語するクリニックに紹介したこともある。丁寧な診療情報提供書を作成したのに、返事を寄越さない失礼なクリニックであった。しばらくすると、あちらの医師がギブアップし、今度ばかりは「またそちらでフォローください」と慇懃無礼な紹介状を添えてFさんを差し戻してきた。わたしは溜め息を吐かずにはいられなかった。

そんな調子で、いったいオレは治療をしているのかFさんを薬漬けにしているのかわからないと悩まざるを得ない羽目に陥ってしまった。率直に申せば、外来で彼女と会うのが苦痛で仕方がなかった。治る気なんかないのに律儀に来院してオレの無力感を掻き立てないでくれ、と泣き言を言いたくなる。

そんなFさんが、ある日、整形の病院に入院中の時のように安らかな表情をして受診してきた。驚いて何があったかを尋ねてみた。どうやら夫がリストラの対象となったらしい。常識的には一家に危機が訪れたわけで、そんな時にこそ彼女の症状が悪化するほうが理に適っているだろう。が、確証はないけれど、おそらく夫との力関係の変化が何らかの自己肯定をもたらしたのではないか。いずれにせよFさんはいきなり状態が良くなってしまった。当面は金銭的にタイトになるということもあり、しばらく外来は休止ということで話はまとまった。

わたしにとっては僥倖である。こうなったらFさんの夫は失業中のままのほうが好都合だ、などと悪魔じみた考えすら浮かんでしまう。

それにしても、いったいFさんにとってわたしはどんな役割だったのだろうか。クールに眺めれば、わたしは向精神薬という「毒」を延々と処方し続けただけである。なるほど彼女はある日（具体的には夫がリストラに遭った日）を境に劇的に症状が改善した。でもそれはわたしの手柄ではない。ある種の不幸と引き換えに彼女が手に入れた「改善」である。結果オーライとはいえども、敗北感に近いものを当方はどうしても感じてしまう。医療者としては、こうした逆説的な成り行きには気分的に抵抗がある。もっとスマートに解決に持っていきたかったと思うのである。だがそれは結果論なのであり、やはりこうした紆余曲折がプロセスとして必要だったに違いない。それに彼女が劇的に改善したとはいうが、それは根本的な解決ではない。いずれ、今度は劇的に悪化する恐れが十分過ぎる程にある。

とりあえず（表面的には）劇的な改善に至ったとはいえ、あまりめでたい気分にはなれなかったのであった。

R君はいかにもオタクっぽい三〇歳の男性で大学中退、いつも肥満した身体にスターウォーズのTシャツ姿で受診してくる。独り暮らしの無職だが、親がある程度裕福らしくて金には困っていない。当人は、不安と「うつ」とで将来のことなんか考える余裕がないと主張し、外来通院をしつつ非生産的な毎日を送っている（ただし、なぜか競馬には才能があるらしく、ネットで馬券を購入しては若干の儲けを出している）。軽い統合失調症の残遺状態を疑ったこともあるが、思考障害はない。神経症になるほどの葛藤もない。せいぜい分類不能のパーソナリティー障害ではないかとわたしは考えている。

「もうちょっと活動的な暮らしを送らないと、あなたは不安だの〈うつ〉を振り払えないと思うんだけどなあ」と、わたし。

「ですから、順序として、まず気持ちがスッキリしないと活動的になんかなれないんですよ」と、R君。

「そう考えたくなるのもわかるけどね、でも結局はその発想でずるずると三〇歳まで来ちゃったじゃないですか。まずは規則正しい生活で人生を仕切り直してみたらどうですか」

「そんなことが可能だったら、とっくにやってますよ」

「馬券を当てられるくらいだったら、大概のことはできそうだけどな」

「馬券、禁止ですか」

「いや、そんなこと言ってないでしょ。君には潜在能力があると言いたいわけでね。ついでに訊いておきたいんだけど、将来こんなことをやりたいっていう目標とかあるのかな」

「うーん、そうですよね、いつまでもこんな調子じゃ駄目ですよね。ああご質問の答ですけど、僕としては、声優になりたいんです」

「ああいう仕事に就くには、オーディションとかを受けるものなんですか」

「専門学校に行ったほうがいいらしいんだけど、年齢的に遅いかもしれないなあ」

「年齢ねえ。でも若い人たちの声だけじゃ、アニメも映画も成り立たないのでは？」

「それはそうなんですけど、今さら気後れしちゃうんですよね」

「何が何でも声優になりたいのかどうか、あなたの気持ちがいまひとつわからないな。どうなんでしょう」

「ま、希望は希望として言ってみただけですから。先生が尋ねたわけですし……」

すべてがそんな半端な調子なのである。眠剤と気分安定薬（双極性Ⅱ型は否定しきれないので）を処方しているが、B君の場合もたぶん薬なんか必要がない。でも当人は、自分がかなり重症の神経症だと思っている。いや、そう信じている。信じようとしているし、むしろそこに安住したがっている気配すらある。それが問題なわけである。

診察室では覇気を欠き、なるほどいかにも不安げに見える（不安じゃないとはわたしも思わない）。一睡もできないと訴えることもある。そして半年に一回くらいの周期で、開放病棟への休息入院を希望する。R君によれば、一種の転地療法なのだそうである。そして実際に入院した当初は、見違えるばかりに状態が好転する。まさに入院が著効したとしか言いようがない。ただししばらくすると、入院中の女性患者（多くは境界性パーソナリティー障害に親和性のありそうな若い女性）と妙に懇ろになったり、他の患者を馬券購入に誘って金銭トラブルを起こしかけたりして気まずくなり、二週間程度で退院していく。そしてまた外来で不安や「うつ」を訴える。

果たしてR君を年に二回も入院させるといった対応は適切なのだろうか。わたしと彼とは治療関係というよりは馴れ合い、さもなければ彼の空疎な生活を持続させるための共犯関係にあるような気すらしてきてしまう。入院させることで、軽度の「躁転」を起こさせているような気もしないではない。だが彼の人生において、躁転が差し当たっての心の拠り所だとしたらあながちそれを否定したくもないのである。

患者にとっての満足感と、患者の人生における平穏無事とは必ずしも一致しない。本人は絶好調になりたいけれど、医療者サイドからすれば「絶好調って、ちょっと危なっかしいからなあ……」となる。覚醒剤が根絶に至らないのは、まさにそれが「絶好調」をイージーにもたらしてくれるからであり、正直なところ「そりゃハマる奴もいるよな」と思わずにはいられない。

満足感と平穏無事、あるいは絶好調と若干の〈うつ寄り〉——その落差の中にこそ、その人にとっての人生の問題、おそらく高望みや無力感にまつわる案件が課題として埋め込まれているのだろう。そこを蔑ろにして満足感のみを求めるのは、正しい態度ではないと思うのである。不調から一転、絶好調に至るのはドラマチックな出来事に違いない。医療者は患者から感謝されることだろう。名医と呼んでもらえるかもしれない。しかし少なくとも精神科領域においては、ドラマチックな展開の中にニセモノめいた「いかがわしさ」や、生き方の根幹に関わる脆弱性が潜んでいる可能性が高いと警戒すべきである。患者と一緒に手放しで喜んでいるようでは、たぶん医療者として「修行が足りない」のである。

「快気祝いと絶好調」（『精神看護』二〇一六年一一月号）

ヒマにも二種類ありまして

ヒマな状態に耐えられないのである。じっとしていられないし、とてもじゃないが精神を空白にできない。他人から見ればヒマそうに映る状態であっても、心は決して「何もしていない」モードにはなっていない。ポジトロンＣＴ（ＰＥＴ）でも使えば一目瞭然のはずだ。

そもそも世間の人たちはヒマとかリラックスの状態において精神をどのように休止させているのだろうか。いや、「どのように」と発すること自体が、もはやヒマやリラックスとは無縁の発想だろう。人はどのように睡眠へと移行するのかなどとベッドの中で考え出したら、たちまち眠れなくなってしまうようなものか。

風呂に入っても、時間を持て余してしまう。だから入浴に際してはアイスクリームだとかスイカだとか桃だとか、そういったものを携える。カレーライスの皿を手に入浴したことすらある。アイスの場合は、パッケージに印刷されている文字を熱心に読むので気がまぎれる。果物は、風呂の中なら汁がこぼれても大丈夫なので便利だ。

パッケージの文字を読むくらいなら、最初から風呂に本を持ち込めばよいではないかと言われそうだ。でもそれは入浴と読書を同時並行で進めているだけだろう。ヒマやリラックスの純粋なありようとは異なる次元の営みのように思えてしまう。

わたし個人における「望ましい」ヒマな時間の流れとは、たとえば以下のようなものである。ローカル線の小さな駅で電車に乗ろうとしたら、なんと一時間も待たねばならない。客は自分一人、駅前にはうらぶれた食堂があるが定休日で、あとは店なんかない。溜め息を吐きながらベンチに座り、ぼんやりとしていたら駅の脇に花が植えてあるのに気がついた。普段は花なんて興味もないのだが、あれはパンジーではないだろうか。パンジーの花はじっと眺めていると人の顔に見えてくるものだが、確かに変なオヤジ顔だ。面白そうだから歩いて行って近くからしげしげと観察してみた。ふうん、花びらがこんな具合に染まっているから顔に見えるんだな。悪くない。自分の家のプランターで育ててみようか。自宅に「人面フラワー」があるなんて楽しいじゃないか。と、そんなふうに勝手に想像を巡らせているうちに電車が来た。気分的にはちょっと豊かだ。

あるいは別なヒマ。講演会で喋りに出掛けたが、早く着いてしまったので喫茶店で時間をつぶすことにした。あらためて講演内容をチェックするのも飽きたし、とにかくコーヒーをゆっくりと飲んでいたら、隣の席から会話が聞こえてくる。友人の噂話らしいのだがこれが結構面白い。聞き耳を立てているうちに、何気なく発せられた一言がわたしの精神を刺激した。ここしばらく、どう展開させればよいだろうと考えあぐねていた原稿があるのだけれど、隣の席で交わされた会話の断片がヒントになって、展開の方策を思いついたのだ。なんたる幸運か。嬉しくなって、ドーナツを追加注文してしまったのだった。

——こんなふうに、退屈なはずの「空き時間」がみずみずしく奥行きを持った時間に変化する場合があって、それこそが望ましいヒマということになる。それはどうやら偶然がうまく作用した場合のようだ。

たとえヒマであっても、凶作ないしは干魃（かんばつ）みたいに虚しいヒマもある。いくら目の前に花があろうと、ちっとも気持ちが動かない。わくわくしない。どんよりと精神が濁ったままだ。喫茶店で隣の席から面白い会話が聞こえてこようと、それが心に届かない。ましてやインスピレーションなんか浮かばない。

どうも偶然に祝福されたヒマと、偶然に無視されたヒマがあるのではないのか。もちろん偶然に反応できるだけの精神状態や心の準備状態が必要だけれど、それでもなお、偶然がかかわる部分が大きい気がするのである。

今自分はヒマな時間へ突入しようとしている。しかしそのヒマが偶然に味方されて嬉しい体験となるのか、それとも偶然にそっぽを向かれて虚しい気分しか残らないのか。そうした予測やコントロールができないところがわたしの人生における大きな悩みなのだ。ことにある程度まとまった休暇が取れるような時に限って、偶然はこちらを向いてくれない。おかげで休み明けはすっかり陰鬱な気分になっている傾向にある。困ったことだ。

偶然に無視されたヒマにおいて、人の心はどうなるのか。主観的な時間の流れが減速して、普段の日常では無視したり見逃していた（しかもろくでもない）事象がしばしば顕在化してくる。そんな気がする。

わたしがまだ産婦人科医をしていた頃の話である。それまでは実家に親と住んでいたが、小さなマンションを借りて一人暮らしを始めた。そしてしばらくしたら、強迫神経症になったのである。具体的には、煙草の火の不始末が心配で確認強迫がひどくなり、生活に差し支えが出てきたのだった。

マンションを留守にすると、自分では消したつもりの煙草の火がなぜか消えていない。どうした加減か書類の山が崩れ、紙の一枚が火に触れる。その紙が目覚めたかのようにぱっと燃え上がり、その炎が周囲に燃え広がっていく。たちまち室内は火の海と化し、煙が猛烈に噴き上がる。その時点で火災報知器が作動するも、いまさらどうにもならない。けたたましいサイレンの音と共に消防車が何台も駆けつけ、でもその時には既に犠牲者が出ている……。そんな映像が頭の中にありありと浮かび上がってくる。馬鹿げているのに、あまりにも生々しい。

火の不始末が心配なら煙草をやめればいい。それが理屈だ。でもそう簡単にはいかない。おまけに、たとえ潔く禁煙しようと、ガスレンジを使ったりするから不安が消滅することはない。出先で急に心配になって、あわててタクシーでマンションに戻って無事を確かめたことすらある。さすがにこれではまずい。そこで一計を案じ、灰皿ではなくスクリューキャップのついた空き瓶に吸い殻を入れることにした。キャップを閉じれば酸素が絶たれるし、消えた様子は瓶の硝子越しに見える。だがそれでも不安が去らない。そこで瓶に吸い殻を入れた後に蛇口から水を注ぎ込んでシェイクすることにした。水の中で吸い殻がばらばらになるのが確認できる。でもなお、不安が拭い去れない。そこで水を注いだ瓶を冷蔵庫に入れてしばらく放置する。それから取り出した硝子瓶を頬に押し当て、ひんやりとした感覚を肌で実感することでやっと不安が（ほぼ）治まった。もはや完璧に儀式と化している。しかも面倒で時間も掛かる儀式だ。

こんなアホらしい儀式で苦しんだのはおよそ数か月間である。そうこうしているうちに仕事がどんどん忙しくなり、それこそ吸い殻の心配どころではなくなり、気がついたら強迫神経症から脱出していたのであった。三〇年以上前の出来事である。

なぜあんな病的な精神状態にわたしは迷い込んでしまったのだろう。どうもヒマの性質が変化したことにありそうに思えてならない。

実家にいた時には、ヒマであっても家族がいたし何となく「家庭の時間」といったものを感じていた。ヒマなりに生活の臭いや現実感がしっかりと背後に漂っていたのである。だがマンションで一人暮らしを開始すると、生活感もリアリティもすっかり希薄になってしまった。さらに一人暮らしのマンション内におけるヒマな時間に対して、偶然は何ら味方も関与もしてくれなかったらしい。索漠たるヒマに身を委ねることになったわけである。すると主観的な時間の流れが停滞してくる。

時間の流れがゆったりと感じられるからと、そこで気持ちが解放されたり心地よさを覚えられるとしたら、その人は偶然に祝福されているのである。おそらく一生祝福され続けるような人も（稀には）いるのだろう。いっぽう祝福されないとどうなるのか。

漠然とした不安感や抑うつ気分に近いものが心にじわじわ広がってくる。そもそも人間は、うっかりするとたちまち不安や抑うつに支配されてしまう動物なのだというのが個人的な意見である。不安や抑うつは特別なことではなく、いかにそれから目を逸らしつつ日々を送っていくかが人生という限定された期間の裏テーマなのだと考えつつ（その根拠を問われれば、経験的事実と答えるしかない）わたしは臨床に携わっている。まあいずれにせよ精神状態はそのままではマイナス方向に向かいがちとなる。

さらにそこへ、ヒマゆえに妙なこと、ロクでもないことを思いつてしまう（そういった意味では、偶然に呪われていると言うべきかもしれない）。そこで火事の心配が湧き上がったわけで、なぜよりにもよって火事なのかは精神分析的な意味が潜んでいるのかもしれないけれどあまり詮索したくない。

こうした個人的体験からわたしが導き出そうとしているのは、精神疾患は往々にして「（良き）偶然から見放されたヒマ」といった時間帯において醸成されるのではないかといった推測である。推測よりも妄想に近いから、冗談半分に聞いていていただきたい。

うつ病はどうだろう。うつ病患者にとって、時間は減速どころか停止してしまっているようである。だからこそ抑うつ気分はより重くなり、わだかまり、煮詰まり、不安だの焦燥だの自責感だの貧困妄想だの微小妄想だの自殺念慮だのが広がり出てくる。症状と「索漠としたヒマ」とが悪循環を成している。内因性のうつ病患者が改善してきた時の目安として、退屈さを感じるか否かというポイントがある。それは次第に時間が流れ始め、空疎なヒマを空疎と自覚できるだけの精神的余裕が生じてきた証拠だろう。

ちなみに躁病はどうであろうか。彼ら躁病患者はヒマを感じない。ひたすら「忙しい」を連発し、落ち着きがない。眠ることすら惜しみ、気宇壮大なプロジェクトに熱中したり自画自賛にのめり込む。次々に自信満々でチャレンジを繰り返し、駄目でも気落ちしない。威張り散らし、性的放縦さを全開とし、周囲と衝突を繰り返す。なるほど彼らはヒマとは無縁かもしれない。しかし言動のすべてが空回りしている。地に足が着いていない。そうした点では、「索漠としたヒマ」と大差がない。いたずらに心身を消耗しているだけである。だから遅かれ早かれうつ状態に囚われることになる。

統合失調症はどうか。彼ら統合失調症患者には当初、言いようもない病的不安が訪れるようである。それはたぶん途方もなく広大で索漠としたヒマに近い。さながら砂漠の真ん中に放置されたようなものではないのか。不安と困惑、そしてどうにもならない不吉な予感が彼らを押し潰そうとする。とてもじゃないがそんな状態に耐え切れるものではない。そこで彼らはそうした異常事態を説明し得るような物語を自前で用意しようと図る。多くは陰謀史観やスパイ小説もどきの荒唐無稽な物語であるし、およそ独創性には乏しくどこかで聞いたような設定である。だが大急ぎで用意されたそうした物語によってどうにか現状を理解しようとする。それがすなわち妄想となる。

統合失調症の残遺状態においては、時に患者は無為自閉を呈する。率直な感想として、あんなに何もせずにいてよくもまあ飽きないものだと不思議に思う。疾患ゆえのエネルギー水準の低下から、彼らは「索漠としたヒマ」から抜け出せないまま延々と無為な時間に甘んじているのではないだろうか。そう考えると切なくなる。

パーソナリティー障害、ことに境界性パーソナリティー障害（ＢＰＤ）ではどうだろうか。彼らの病理の基本は、胸にかかえたあまりにも大きな空虚感であるとわたしは理解している。

そこから彼らの問題行動は導き出される。空虚感をかかえていればそれを埋めようとするのが心情だが、それがあまりに大きければどうにも埋まらない。そこから彼らBPD患者たちの「限度知らず」といった性向が理解される。対人関係において相手が自分に好意的であるといったん認識すると、あとはもう果てしなく相手との密接で濃厚な関係性を求めずにはいられない。そこで相手が辟易すると、たちまち「裏切られた」「見捨てられた」と逆上する。そうした極端な関係性しか結べない。埋まらない空虚感を埋めようと試みるその不安感と徒労感から、彼らはいつも苛立ちと爆発の寸前にあり、情動も不安定極まりない。常に空虚感に曝されているがために信頼とか安心とは無縁となり、被害的になる。現実感が遠のき、些細なことで容易に攻撃的となったり自殺未遂を図る。

彼らを司る「大き過ぎる空虚感」は、まさに「索漠としたヒマ」と通底しているはずだ。いずれにせよ、多くの精神疾患は「(良き)偶然から見放されたヒマ」と無縁ではないと考えたくなる。

昔から、老人はヒマを持て余さないのだろうかと訝っていた。あんなフラットな毎日で平気なのか。孫の姿を見て顔をほころばせ、あとは老人会に行ったり昔のアルバムでも見ていればそれなりに充実した生活となるのか。どうもそこに納得がいかなかった。

で、自分が老人に近づいてみると、まぎれもなく「(良き)偶然から見放されたヒマ」が待ち受けているではないか。まだ仕事はしているからそういった意味では老人にカウントされないかもしれない自分であるが、広大なヒマがすぐそこまで迫り、その向こうには認知症の世界が待ち受けているような嫌な気分になる。通常の病院業務の他に週一回、老健施設へ赴いているが、年寄りたちはすっかり空白に呑み込まれた雰囲気を発散させている。終日施設内を徘徊している老人は、ヒマから脱出しようとしながら叶わず、結果的に延々とその縁を「なぞって」いるかのように映る。

ここ数年、屈託がわたしを支配してきた。気分的には「勢い」とか「発剌さ」から見放され、偶然からも愛想を尽かされ、あとは忌まわしいヒマの中に墜ちていきそうな感触に支配されていた。かなりうつ病に接近していたのかもしれない。何とか脱出しようと占い師のところまで行った話は既に書いたが、まあ最近は多少気を取り直している。

とは言うものの、空疎な気分に捕えられがちではある。昔からそうだったのではあるけれど、なかなかつらい。

昨日、ふとした気の迷いからネットで電子タバコを購入した。わたしは一〇年くらいタバコを吸っていないが、それは別に禁煙しようと決心したからではない。小児喘息がいきなり再燃したので、仕方なく中断しているだけである。電子タバコを調べたら、煙は水蒸気なのだそうである。ということはネブライザーみたいなものではないか。そこで好奇心半分に購入したわけである。

翌日、すなわち今日、たちまち一式が宅配便で届いた。充電に二時間くらい掛かるのが困ったところだが、とにかく充電し、香料入りのリキッドを注入する。「ブラックベリー・ドライリーフ」というのを試してみることにした。

電子タバコ本体にはスイッチがあり、これを押すと発熱コイルでリキッドが蒸発し、それを吸い込むと煙（香料混じりの水蒸気）が出る。びっくりするほど沢山煙がでる。機関車トーマスになった気分だ。鼻や口から煙を吐き出すのは約一〇年ぶりということになる。問題は香りで、これが妙に甘ったるい。どうもアメリカ人の感覚なのである。リキッドも「ストロベリー・カスタード」とか「スウィート・チョコレート」とか「ブルーベリー・チーズケーキ」とか、頭がおかしいとしか思えない。マリファナだってちょっと甘い香りが混入しているし、どうもタバコよりは麻薬文化の延長みたいな気がする。

というわけで、どことなく反社会的な行為をしている気分になりながら電子タバコを燻らせつつ、この原稿を書いた次第である。怪しげな煙は、ヒマと退屈の広がりの中へみるみる拡散していった。

「ヒマと精神疾患と電子タバコ」（『精神看護』二〇一六年九月号）

ときたま患者さんから「人生に意味はあるのでしょうか」という質問を突きつけられます

雑誌「モンキービジネス」のvol.12（2011冬号）では、「人生の意味」を特集のテーマに選んだ。事前にアンケートが配られ、二一名の文筆関係者が回答を寄せている。

アンケートに際しての質問は、以下の通りである。「人生に意味はあるでしょうか。と、突然聞かれても困るでしょうか。困るとすればどう困るのでしょうか。それなりにひたむきそうな人が、それなりに切実に問うている状況を思い描いていただければありがたいです。一〇〇字から二〇〇〇字までお答え下さい。普通の意味で「答え」になっていなくても、この問いに触発されて生まれた妄想、虚構などでも結構です。絵入り、または絵のみでお答えいただいても構いません」

結果として、回答には「はぐらかし」や居直りや「普通の意味で「答え」になっていない」ものが目立った。そういった点ではむしろ回答者たちの「生きる姿勢」が炙り出されたように見えてなかなか興味深かった。

わたしも回答したので、その全文をここに転載する。


いえ、突然聞かれても平気です。というのも、わたしは精神科医を生業としているのですがときたま患者さんから「幸福とは何か」「人はなぜ自殺してはいけないのか」「生きることにどんな価値があるんだ」といった類の質問を突きつけられることがあるからです。

それらにどう答えるか——相手によって態度も内容も違ってくるのは返答が治療の一部を成しているからなのですけれど、ここでは率直なところを述べさせていただきます。

まず、人生に意味はあります、少なくともわたしはそう信じている。その根拠を述べるには、子ども時代にまで遡らなければなりません。

当時、父は東京近郊の保健所に勤めており、わたしはしばしばその保健所へ遊びに行っては寄生虫のホルマリン漬けを観察したり、試薬の反応実験を見せてもらったり、骨格標本や眼病の写真などを眺めるのを楽しみにしていました。

ある日、レントゲンの装置を見学しました。あの頃のレントゲンの機器は、今のＭＲＩ並みの重くて大仰な装置でした。そしてフォーカスを合わせるために器械の一部は前後30センチくらい移動できるようになっており、そのため床にレールが敷いてありました。全長30センチ・プラスαの銀色に輝くレールが2本、床にしっかりと固定されている。レールの断面は、鉄道レールとまったく同じ形をしています。

そのとき幼いわたしは、レントゲン室に敷かれているこのレールは、世界でいちばん短い（本物の）鉄道に違いないと直感しました。その思いつき、いや発見は自分を陶然とさせました。こんなところに（なんと薄暗い室内に！）世界一短い鉄道がひっそりと営まれていて、現実に関与している。その事実に気づいているのは自分だけである――それは息を呑むような体験であったし、同時に、世界はこんなふうに読み解かれたり見出されるべき事柄で充満しているはずだと思えたのです。

自分はこれからの人生で、日常生活の中から世界の構造や関連性や仕掛けを見つけ出すことを続けていくだろう。その積み重ねこそが喜びであり、手応えであり、人生の意味であろうと、まあどこまでしっかりと言語化して考えたかは疑問ですけれど、つまりそういったことをまざまざと自覚したのでした。

ではわたしの考えるところの「人生の意味」は、まったく個人の脳内レベルで完結することなのか。いやそうではなく、それがさまざまな形式で表現されて他人に働きかけたり、あるいは別な人もまた世界を再発見したり、世界を編集し直したりする。世界そのものもまた、想像力を介して人間たちから働きかけられることで、みずみずしさを得ていくのだ。そんなわけで散歩をするのも本を読むのも何かを書くのも診察室で仕事をするのも、みんな人生の意味を支える一部になっている。ま、うんざりすることも多いし、精神が沈滞することもしょっちゅうだけどね。――と、以上がわたしなりの回答です。

約一〇年前に書いたものだが、現在も考えはまったく変わっていない。ついでに言い添えると、賛意や反論を述べてくれる人がいるかと思ったら、誰もいなくてがっかりした憶えがある。いやそれどころか、この特集そのものがほぼまったく話題にならなかったので、意外に感じたのであった。どうでもいいことなのか?、人生の意味は。

それはそれとして、レントゲン装置は自分自身の生活にどれだけ関与しているかと考えればほぼ「無意味なもの」である。いっぽう鉄道はそれを日常的に利用しているという点で「意味があるもの」だろう。レールというものを媒介に「無意味なもの」と「意味があるもの」とを結びつけたところにわたしなりの発見や喜びがあったわけである。そうした事実を検討してみると、世の中にはさまざまな組み合わせの形が想定し得るけれど、「無意味なもの」と「意味があるもの」、さもなければ「無意味なもの」同士の組み合わせこそが、わたしたちの想像力を強く刺激するのではないかという気がしてくるのである。「意味のあるもの」同士で想像力を刺激する組み合わせが成立するケースもあるが、その場合は、意味があるという部分をいったんキャンセルして「無意味なもの」へと還元しているところに妙味が生まれているのではあるまいか。

本書の冒頭、「はじめに」の中で、わたしは「無意味なもの」への関心や思い入れについてあれこれ語ったのだった。それがたんなる好みや趣味のレベルではなく、実は人生の意味にすら関連していたことに今あらためて思い至ったのであった。何だか得をしたような気分である。というわけで、本書の隠しテーマは〈無意味礼賛〉だったということになろうか。

ついでだから、最近体験したささやかなエピソードをここに書いておこう。

ＪＲの三鷹駅の北口から、帰宅の道を歩いていたときのことだ。すっかり夜になっている。黒に近い濃紺の空には、黄色い三日月が浮かんでいる。

十字路の信号が緑になるのを、立ち止まって待っていた。正面には三階建ての小さなビルが建っている。一階は不動産屋で、二階は何かの事務所。既に一階も二階も真っ暗になっている。しかし三階だけは煌々と明るく、そこは英会話教室になっている。主に帰宅途中の勤め人が立ち寄って、外人相手に英会話に励んでいるのだろう。

三階の窓から室内が、舞台装置のようにくっきりと見て取れる。周囲が闇に沈んでいるので、明るさに満ちた内部がむやみに鮮明に見えるのだ。

生徒たちが、妙に溌剌とした表情で喋っている。当然英語を喋っているのだろうが、声までは聞こえてこない。大袈裟に両手を広げたり、肩をすくめてみせたり、いかにも感情を込めて英語を喋っている様子がパントマイムで演じられている。

そんな様子を路上から眺めながら、わたしはなぜか肯定的な気分を覚えていた。普段の当方ならば、むしろ揶揄したくなりそうな光景を目にしているのに、その日に限ってわたしは素直な精神状態にあったようだ。

三階に集(つど)っている人たちは、仕事上の必要に迫られて英会話を学んでいるのだろうか。海外支店に派遣されることが決まって、英会話能力をブラッシュアップしなければならなくなったのか。それとも、外人に道を尋ねられたときにすらすらと道案内が出来ますようにと願っているのか。いずれは世界を股に掛けて活躍したいという野望から、英会話を身に着けようとしているのか。どこまで現実的かはともかくとして、彼らにはそれなりの思惑だのカラフルな夢があるのだろう。

きっとつまらない話、いや無意味な話をしているのだろうと思う。当たり障りのない話、月並で無難で平穏な話題が英語で語られているのだろう。自分も彼らの一員として迎え入れられたいなどという気持ちはこれっぽっちも生じない。退屈で耐えきれないだろうと勝手に想像する。でも、あそこで英会話をしている人たちを否定する気にはまったくならない。

外人講師も生徒たちも、愚にもつかない話をしていることはしっかり自覚しているだろう。

ディベートの訓練ではなく、普段の英会話を学ぶためなのだから仕方がないのだ。This is a pen が基礎英語の上達には不可欠なのと同じだろう。つまりあの英会話教室では、全員が一丸となって「英語で日常会話をしている人たち」になり切っている。それで良いのだ。そうなると、夜の英会話教室が舞台装置のように見えたことも当然の気がしてくる。そこでは皆が一所懸命に欧米の日常の一齣を「演じて」いるのだから。

わたしにとってあの英会話教室は無意味そのものである。馬鹿馬鹿しい程だ。にもかかわらず、そこには希望や憧れ、そして（たぶん）一抹の自己欺瞞が集結している。それをわざわざ舞台装置さながらの枠組みに嵌め込んで提示してくれた偶然に対して、わたしは感謝をしたくなる。ああ、無意味なものを見て今夜の自分は肯定的な気持ちになれた、と。

（書き下ろし）

ユメナマコ考——無意味を言祝ぐ

ユメナマコ Enypniastes eximiaという生き物がいる。名前の通りに海鼠（ナマコ）の一種で、深海に棲む。深さ四〇〇〇〜六〇〇〇メートルの海底で暮らしているらしい。

　この生き物を知ったのは、中学生のときに雑誌の豆知識みたいなコラムで紹介されていたのを目にしたからである。なぜ紹介されていたのか。名前が奇妙だったからである。いったい夢とナマコ、それがどのように結びつくのか。

　ナマコそのものがさながら夢のような存在なのだ、とその「豆知識」は教えていた。なぜなら、ユメナマコは色が極彩色である。にもかかわらず棲んでいるのはとんでもなく深い海底なのである。光など一切届かず、真の闇に支配されている。だから深海魚や深海の甲殻類その他の生き物は、いずれも体色が白や灰色などの無彩色である。色彩など深海では意味を成さないのだ。それなのにユメナマコの体色は絵の具を塗りたくった如き極彩色なのである。理由は分からない。でも真っ暗な闇の中で、カラフルな生き物が誰にも気付かれることなくひっそりと蠢いているところは、あたかも寝室で誰かが見る鮮やかな夢のようではないか。この名前を付けた人は詩人の感性を持っていますね。と、そんな内容を記したコラムだったのである。

実際のところ、ユメナマコは透明で内臓が見え、体色はピンクからワインレッドである。なるほど鮮やかな色ではあるが虹のようにグラデーションになっているとか、そういったゴージャスな極彩色というわけではない。マンドリルやコンゴウインコ、アカコブサイチョウなどのような派手さもない。また昨今では、ナマコのくせにレースのような鰭で海底すれすれに浮遊しているといった生態のほうが注目されているようだ。あるいは襲われたときには容易に表皮が剥がれ、剥がれた表皮は発光して敵を陽動する、とか。しかしポイントはそこではない。深海を孤独に移動するユメナマコが「寝室で誰かが見る鮮やかな夢」のような存在だということ——そこが何よりも肝心なのだ。

それにしてもユメナマコは無意味な姿をした生き物である。暗闇で鮮やかな色彩を身にまとい、だがそれが誰かの目に触れる可能性はほぼゼロなのである。無駄というか虚しいというか、何だか生き物として根源的な部分で思い違いをしているのではないのか。たとえ「寝室で誰かが見る鮮やかな夢」のようなものだとしても、深海の高圧下において、それはハッピーな夢であるよりも悪夢に近いのではないのだろうかと疑いたくなってしまう。そしてそんなユメナマコをわたしは非常に好ましく思う。あまりの無意味さにわけもなく共感を覚える。

というわけで本書をユメナマコに捧げたいと当方は考える。いや、一緒にスカシカシパン（前書きを参照されたい）にも捧げたいと考えている。たぶんどちらからも喜んではもらえないだろうけれど。

本書は、〈無意味〉〈自己愛〉〈わかりやすさ〉〈孤独〉という四つのキーワードに基づいて文章を配置している。自己愛なんて、無意味なのになぜか拘泥せざるを得ない厄介なしろものである。わかりやすさは往々にして空虚な思考につながり、それは無意味であることと軌を一にしかねない。孤独は自己完結に陥った際に、まさに無意味と同義になる。では無意味とは無駄で馬鹿馬鹿しく有害なのかといえば、必ずしもそうではない。そのあたりの特異な性質の面白さを読者諸氏に伝えたくて、この本を作った次第である。いわゆる哲学系の人たちは、それなりの綿密な関心を無意味に対して抱いているようだが、おそらくそうしたものとはニュアンスが大きく異なっている筈である。わたしは無意味そのものを抽象的に語ることには興味がない。

なお、たとえば「生きる意味」といったことについて、一二三頁と二三七頁とではまるで異なる意見を述べているように思われる方がいるかもしれない。が、これは基本的に同じ内容で、ただしそれぞれの文章の流れに応じて表現が違っているだけである。わたしとしては一貫性を保っているつもりである。また今の時点で同じ文章を綴ったとしたらおそらく発達障害についても言及したであろうと思わせる箇所があったけれど、これも根本的な問題ではないのであえて加筆はしていない。

過去にあちこちの雑誌（学童教育や精神科看護学の雑誌なども含む）に発表した記事を発掘し、〈無意味〉の旗の下に分類して並べ換え、一冊の本にまとめましょうと声を掛けてくれたのは青土社・書籍編集部の永井愛さんであった。有り難いことである。彼女がいなければこの本は生まれなかった。また四半世紀近く前から折に触れデザインをお願いしてきた木庭貴信さん（OCTAVE）に、今回も装丁をお願いした。お二人に感謝するとともに、本書を手にとって下さった読者諸氏にも心から御礼を申し上げたい。ありがとう。

二〇二一年三月三日

春日武彦

春日武彦（かすが・たけひこ）

一九五一年京都生まれ。日本医科大学卒業。精神科医。都立松沢病院精神科部長、都立墨東病院神経科部長、多摩中央病院院長などを経て、現在も臨床に携わる。

主な著書に『私家版 精神医学事典』（河出書房新社）、『無意味なものと不気味なもの』（文藝春秋）、『幸福論』（講談社現代新書）、『天才だもの。』（青土社）、『鬱屈精神科医、占いにすがる』（太田出版）、『猫と偶然』（作品社）、『援助者必携 初めての精神科・第3版』（医学書院）など、多数。

無意味とスカシカシパン
詩的現象から精神疾患まで

二〇二一年四月二〇日　第一刷印刷
二〇二一年四月三〇日　第一刷発行

著　者　春日武彦

発行者　清水一人
発行所　青土社
〒一〇一・〇〇五一
東京都千代田区神田神保町一・二九　市瀬ビル
[電話]〇三・三二九一・九八三一（編集部）
〇三・三二九四・七八二九（営業部）
[振替]〇〇一九〇・七・一九二九五五

装　丁　木庭貴信＋岩元　萌（オクターヴ）
組　版　フレックスアート
印刷・製本　双文社印刷

ISBN978-4-7917-7374-9　C0011　Printed in Japan